1.ª edición, marzo 2001
2.ª impr., noviembre 2002
3.ª impr., septiembre 2003
4.ª impr., octubre 2003
5.ª impr., octubre 2004

© Marina Mayoral, 2001
© Grupo Anaya, S. A., Madrid, 2001
Juan Ignacio Luca de Tena, 15. 28027 Madrid
www.anayainfantilyjuvenil.com
e-mail: anayainfantilyjuvenil@anaya.es

ISBN: 84-667-0093-5
Depósito legal: M. 41.633/2004
Impreso en Anzos, S. A.
La Zarzuela, 6
Polígono Industrial Cordel de la Carrera
Fuenlabrada (Madrid)
Impreso en España - Printed in Spain

ÉSPACIO

Colección dirigida por
Norma Sturniolo

ABIERTO

ESPACIO
ABIERTO

Diseño y cubierta de
Manuel Estrada

E S P A C I O   A B I E R T O

Marina Mayoral

Tristes armas

A mi padre,
que tiene ochenta y ocho años y padeció dos guerras,
y que, cuando era niño, se cayó y rompió
el único juguete que le habían traído los Reyes:
una tartanita de la que todavía se acuerda.

Tristes guerras
si no es amor la empresa.
Tristes. Tristes.

Tristes armas
si no son las palabras.
Tristes. Tristes.

Tristes hombres
si no mueren de amores.
Tristes. Tristes.

Miguel HERNÁNDEZ
Cancionero y romancero de ausencias

PRIMERA PARTE

1

Una mañana de niebla de un otoño de hace muchos años, Harmonía y Rosa salieron del orfanato de Nuestra Señora del Cristal para coger un barco que había de llevarlas a Rusia. No eran unas niñas huérfanas. Estaban allí por circunstancias de la Guerra Civil y también por el mal entendimiento entre las familias.

Su padre estaba en el frente, luchando como soldado con el ejército de la República, y la madre trabajaba de enfermera en un hospital de campaña. Harmonía y Rosa tenían tíos, además de otros parientes, pero eran de ideas políticas contrarias a las de sus padres, y ellos prefirieron dejarlas en el orfanato antes que en casa de unas personas que criticaban su postura en un asunto tan importante como el que se estaba ventilando. A las niñas no les preguntaron su opinión. Les dijeron que sería por pocos días y que enseguida volverían a buscarlas. Desde entonces había pasado casi un año.

Los padres iban a verlas siempre que podían, pero era pocas veces, y ellas, acostumbradas a moverse a su antojo por el pueblo, se sentían encerradas en aquel caserón solitario y aburrido. Así que Harmonía, que era la mayor, recibió con alegría la idea de dejar aquella institución para hacer un viaje en barco y conocer nuevos lugares. Y Rosa también iba contenta. Desde que sus padres las habían dejado allí, ya no tenía mimos ni gritaba por cualquier cosa y, con tal de no separarse de Harmonía, ni siquiera lloraba. A veces abría mucho los ojos, echaba los labios hacia fuera como si fuese el pico de un pato y se arrimaba un poco más a Harmonía, pero no lloraba.

El autocar que las recogió para llevarlas al puerto de Gijón iba lleno de niños como ellas, pero no parecían muy felices. No hubo cantos ni risas ni juegos como en otras excursiones que Harmonía recordaba, y por eso empezó a pensar que quizá aquel viaje no era tan bonito como su madre les había contado la última vez que había ido a verlas. Pero no quería inquietar a Rosa, y cada vez que su hermana se arrimaba a ella y le decía: «Harmonía, ¿estás contenta?», ella le sonreía y contestaba: «Claro, ya verás qué bien lo vamos a pasar».

En el puerto de Gijón las aguardaba su padre. Estaba muy moreno y muy delgado y tenía una barba que le tapaba la mitad de la cara; llevaba un capote que nunca le habían visto y un fusil al hombro. Casi no lo reconocieron.

Las abrazó y frotó su cara con la de ellas. Rosa decía riéndose:

—¡Ay, cómo picas!

El padre continuaba abrazándolas y hacía con la nariz un ruido como si sorbiese los mocos. Rosa se reía, pero Harmonía se dio cuenta de que no era cosa de risa y le preguntó:

—¿Hasta cuándo estaremos allí?

El padre contestó:

—Muy poco tiempo. Enseguida estaremos todos juntos y contentos.

Harmonía pensó que lo mismo habían dicho cuando las llevaron al orfanato, pero no hizo ningún comentario. El padre sacó un libro que llevaba en el macuto y añadió:

—Allí haréis muchos amigos, pero aun así os traigo esto, porque ya sabéis que un libro es...

Las dos niñas recitaron a coro

—¡Un amigo para siempre!

El padre las abrazó otra vez y Harmonía preguntó:

—¿Y mamá?

El padre les explicó que la madre estaba también en el frente ayudando a los que luchaban, para que todo acabase antes, pero que iba a llegar de un momento a otro. Cogió a cada una por los hombros, las apretó contra él y se quedaron así callados, esperando a la madre.

Casi todos los niños tenían a un familiar con ellos, y casi todos lloraban.

Harmonía sentía un nudo en la garganta, pero no quería llorar. Sabía que, si ella lloraba, lloraría también Rosa, que ya estaba poniendo los morritos de pato y preguntando a cada minuto: «¿Por qué no viene mamá?».

Harmonía no preguntaba, pero empezó a temer que su madre no iba a llegar a tiempo, y se apretó contra su padre hasta que sintió el calor de su cuerpo a través de la tela del capote. El padre le palmeó la espalda como hacía cuando se encontraba con el abuelo o con los tíos:

—Hay que ser fuerte, Harmonía. Ya tienes doce años, eres casi una mujer y tienes que cuidar de Rosa.

Ella dijo que sí con la cabeza, pero miró al barco y le pareció feo y triste, aún más que el orfanato.

Llegó la hora de marchar y la madre no aparecía. El padre les explicó a las señoras de la Cruz Roja que su mujer estaba en el frente y que por eso se retrasaba, pero que debía de estar a punto de llegar y que fuesen subiendo los otros.

Subieron primero los que estaban solos porque no había quien los retuviese en tierra. A los otros casi tenían que arrancarlos de los brazos de sus familiares las encargadas de subirlos al barco. «¡Por favor, por favor! —les decían— dejen a los niños. Piensen que es por su bien.»

Pero todos se iban llorando y a trompicones por la pasarela del barco, volviendo la cabeza, diciendo adiós con la mano y echando besos a los que se quedaban en tierra.

Harmonía y Rosa subieron las últimas. El padre les pidió que no llorasen y les dijo que su madre subiría al barco a despedirse de ellas. Con un hilo de voz Harmonía susurró:

—¿De verdad, papá?

El padre contestó que faltaría más, que para eso estaban luchando en el frente por el bien de España, para que todos pudiesen vivir mejor y ser más felices, y que la gente del barco admiraba y respetaba a los que luchaban en el ejército de la República.

Harmonía cogió bien fuerte de la mano a Rosa y subió al barco. Todo el tiempo iba mirando hacia atrás a ver si llegaba su madre. Pero no aparecía.

El barco era un carguero francés que no tenía camarotes ni cubierta como los barcos de pasajeros. A los niños los metieron enseguida en la bodega, que era como una cáscara de nuez vacía y muy grande. No tenía ventanas y había poca luz porque toda venía de una abertura en el techo, que era por donde se bajaba. Había muchos niños y poco sitio. La gente de la

Cruz Roja andaba loca para buscarle acomodo a cada uno, y los marineros del barco también corrían, repartiendo mantas y paquetes de comida.

Harmonía miraba todo el tiempo para el agujero del techo, para salir al encuentro de su madre si la veía aparecer por allí, porque entre tantos niños y con aquella oscuridad temía que no pudiese verlas.

La madre no apareció, pero sí una de las encargadas de la Cruz Roja, que se puso a gritar:

—¡Harmonía, Harmonía! ¿Dónde está Harmonía? Su madre está llamándola en el muelle.

Harmonía cogió a Rosa de la mano y comenzó a brincar por encima de los compañeros, pero un marinero y una de las encargadas le cortaron el paso, diciendo que era muy tarde, que el barco estaba a punto de levar anclas y que ya no se podía salir ni entrar. Le hicieron gestos a la otra para que se fuese de allí y llevaron otra vez a las niñas a su sitio.

Rosa, llorando, le preguntó a Harmonía:

—¿Qué va a decir mamá de que no salgamos?

Harmonía recordó lo que su padre le había dicho, que tenía que cuidar de Rosa, que sólo tenía seis años, y, haciendo un esfuerzo para no llorar, le contestó:

—Mamá se dará cuenta de que no es culpa nuestra. No llores, que cuando lleguemos allá le vamos a escribir una carta contándoselo todo.

2

Allá era Leningrado, que antes se llamó San Petersburgo y muchos años después volvería a su antiguo nombre; una ciudad rusa, grande y bonita, toda cubierta de nieve.

Los niños españoles vivían en residencias que se llamaban justamente «casas de niños» y estaban a cargo de una persona designada por las autoridades para cuidarlos y atenderlos en lo que necesitasen. La que regentaba la casa a la que fueron a vivir Rosa y su hermana era una mujer aún joven que había perdido a su marido en la guerra de España, luchando con las brigadas internacionales. Como no tenía hijos se dedicaba por vocación a aquel trabajo de cuidar a los niños refugiados de guerra.

Harmonía pensaba todos los días en la carta que tenía que escribirle a su madre para contarle tantas cosas que les habían pasado y que seguían pasándoles, pero, como todo era novedad, no sabía por dónde empezar. El tiempo corría muy de prisa y ella no encontraba el momento de ponerse a la tarea.

A veces se quedaba mirando por la ventana a la nieve que caía despacio, y pensaba: «Se lo tengo que contar a mamá, cuánta nieve hay, mucha más que aquel año en el pueblo, cuando cubrió las madrigueras de los conejos en la huerta, y las gallinas se resbalaban por los palos del gallinero, y muchos niños no pudieron ir a la escuela».

Pero también tenía que contarle de los juguetes que les habían dado y de cómo la gente los trataba con cariño y los miraba con pena. Harmonía se daba cuenta, pero pensó que esto último no debía decírselo a su madre, ni tampoco que a veces tenía muchas ganas de llorar y que disimulaba para que Rosa no pusiese morritos de pato y se echase ella también a llorar. Si empezaba, podía estarse tiempo y tiempo llorando sin parar. Le daban cosas: caramelos, juguetes o libros muy bonitos con figuras para pintar, y ella lo cogía todo e incluso chupaba el caramelo, pero seguía llorando. Así que era mejor que no empezase.

Rosa sólo lloraba cuando se separaba de Harmonía. Por edad le correspondía estar en una clase de párvulos, pero se puso a llorar y no paró hasta que la llevaron a donde estaba su hermana. A todo el mundo le daba mucha pena, a las maestras también, porque no hacía ruido ni protestaba, sólo dejaba caer la cabeza sobre el pecho como una flor rota, echaba los labios hacia delante y de los ojos le salían dos regueros interminables de lágrimas. Le decían: «Anda, toma este caramelo, y mira qué libro tan bonito, y cuántos lápices de colores...» Rosa miraba el libro, cogía el lápiz e iba rellenando las figuras de colores muy alegres, casi siempre azul y rojo, que eran los que más le gustaban; pintaba los elefantes de rojo y los leones de azul y seguía echando lágrimas que iban empapando las hojas. Hasta que la llevaron a donde estaba Harmonía. Y Harmonía pensaba que eso no se lo contaría a la madre, no fuese a creer que lo pasaban mal. Muchas veces estaban contentas, aunque los echasen de menos a los dos, al papá y a ella...

Y así Harmonía en su cabeza le iba escribiendo a la madre aquella carta, que era ya muy larga. Pero no importaba, porque no tenía que pensar si nieve se escribía con be o con uve, ni preocuparse de que no se le torciesen los renglones.

Sólo había una cosa que la inquietaba y a la que le daba vueltas sin poder remediarlo. Tenía pena por no haber podido despedirse de su madre. Pensaba que enseguida volverían a verse, pero también se acordaba de que su padre le había dicho que a su madre la dejarían subir al barco en cuanto llegase, porque estaba ayudando en el frente a que todo acabase antes. Y, sin embargo, no la habían dejado subir, ni a ellas bajar. E incluso lo de llegar tarde le parecía a Harmonía una cosa tan triste que no sabía cómo explicarla. Era algo así como la historia del mariscal Pardo de Cela que les contaban en la escuela.

Estaban condenados a muerte el mariscal y su hijo y les iban a cortar la cabeza en la plaza de la catedral de Mondoñedo. La mujer del mariscal se fue a la corte a hablar con los Reyes Católicos y consiguió el indulto. Volvió corriendo, pero, cuando estaba llegando a la ciudad, le salieron al paso sus enemigos, que la entretuvieron con engaños en el puente que desde entonces se llama «puente del pasatiempo». Cuando consiguió llegar a la plaza rodaban ya por el suelo las cabezas de su marido y de su hijo. A Harmonía le daba mucha pena aquel final, porque, pensaba, si no hubiese conseguido el indulto o si hubiese llegado varios días tarde por las dificultades del camino, sería triste, pero perderlo todo cuando estaba ya tan cerca, le parecía aún más triste.

Y pensaba también que era lo mismo que le había ocurrido a uno de los niños de la expedición al llegar a

Rusia. Era un niño de su edad, más o menos, que estaba solo en el puerto, sin nadie que lo acompañase para coger el barco. Por eso fue el primero que subió y no miraba atrás ni decía adiós. Harmonía se había fijado en él cuando estaba en el muelle esperando a su madre. Era casi el único niño que no lloraba. Estaba serio, con los hombros un poco encogidos como si tuviese frío o como si el abrigo le quedase pequeño, y miraba para el suelo sin prestar atención a nada de lo que ocurría en torno a él. En el barco tampoco habló con nadie. Harmonía se preguntaba si no tendría padres o si habrían llegado tarde, pero más bien creía que no los tenía, porque no miraba como ella y Rosa para ver si aparecían.

Aquel niño estuvo todo el viaje muy sereno. Se mareó como todos, pero no lloró. En el barco supo Harmonía que se llamaba León, que era un nombre que no le cuadraba en absoluto, porque era menudito y de aspecto nada feroz. Pero se llamaba así; son cosas que pasan. Y la señorita de la Cruz Roja les decía a los otros: «No lloréis, mirad a León qué callado está; él también se marea, y no llora».

Cuando llegaron a Leningrado y les repartieron los juguetes, a León le dieron un libro y un coche, como a todos, y además otro juguete, que era un carrusel de colores, con caballos que daban vueltas al mover una manivela. Tenía música y arriba de todo un gallo que también se movía. Había muchos libros y juguetes iguales, y algunos diferentes, muy bonitos, como el gusano que le dieron a Rosa, hecho de bolas de madera pintadas de verde; hacía ruido al tirar de él y se movía de una forma muy graciosa. El de León era de los más bonitos, y él lo sostenía en sus manos con mucho cuidado y lo miraba encantado. Era la primera vez en quince días de viaje que Harmonía lo veía mirar algo con interés. No sonreía, pero casi.

Y de repente, el carrusel se le resbaló de las manos, cayó al suelo y se destrozó: el gallo, los caballitos, todo se deshizo en mil pedazos. Entonces el niño tiró al suelo el libro y el coche, se tapó la cara con las manos y se echó a llorar. No se le oía, pero se notaba que lloraba porque los hombros y el pecho le temblaban. Y no hubo manera de que apartase las manos de la cara ni de que cogiera otro juguete.

Estuvo así hasta que llegó una enfermera y, como vio que no conseguía nada, dijo que era mejor que lo viese un médico, así que lo metieron en un coche y lo llevaron a un hospital, según les explicó más tarde la maestra.

Harmonía no podía dejar de pensar en él, y le parecía que sabía lo que le pasaba, aunque no pudiese explicarlo bien. A veces los mayores decían de algo que era «la gota que hace rebosar el vaso». Pero Harmonía pensaba que aquello no le servía para expresar lo que quería, porque la gota que hace rebosar el vaso deja el vaso lleno, y lo que le había ocurrido a León era que aquella desgracia con el juguete había echado fuera todas las otras penas que llevaba dentro. Lo mismo le había pasado a ella cuando el barco se fue sin poder despedirse de su madre; tenía ganas de llorar por todas las tristezas de antes: por el orfanato y por el miedo a que su padre muriese en la guerra y, además, porque, igual que la mujer de Pardo de Cela, por una pizca de nada su madre no había llegado a tiempo; era demasiada mala suerte. No lo sabía explicar mejor, pero ella entendía lo que le había pasado a León...

Por eso estaba deseando escribirle a su madre, para decirle cuánto la quería y que comprendía que, si había llegado tarde, había sido por cuidar de los heridos y no por descuido, ni por aquello que una vez le

22

había dicho su tía Nieves: «Te preocupas más de la política que de tus hijas». Harmonía sabía que eso no era cierto. La maestra acababa justamente de decirles en la escuela que los padres de todos ellos estaban luchando por la libertad y por la justicia, así lo dijo, y que tenían que estar orgullosos de ellos y ser dignos del sacrificio que sus padres estaban haciendo por todos los niños del mundo. De modo que, sin duda alguna, su madre había tenido un buen motivo para llegar tarde. Lo que no entendía era por qué no le habían dejado subir al barco o bajar a ellas: ¿qué importaba un poquito de tiempo, justo para darle un beso, en un viaje tan largo?

También quería preguntarle si la señorita aquella de la Cruz Roja, la que dijo que su madre estaba llamándolas desde el muelle, le había explicado que no era culpa de ellas que no las dejasen salir a cubierta.

Cuando estaban todos juntos en la casa del pueblo, la madre les decía: «Me oís como quien oye llover», porque a veces las llamaba y ellas seguían jugando o incluso hacían como que no la habían oído. Pero de eso hacía ya mucho tiempo. En el orfanato corrían siempre que las llamaban, porque pensaban que eran ellos, papá y mamá que venían a buscarlas o por lo menos a hacerles una visita. Y Rosa tampoco daba aquellos chillidos que le rompían a una los tímpanos. La segunda vez que lo hizo la encerraron a ella sola en un cuarto toda una tarde, y desde entonces ponía la boca de pato y lloraba sin hacer ningún ruido. Pero la madre no lo sabía, y puede que pensase que estaban jugando y que por eso no habían salido a la cubierta. Sólo faltaba que, además, estuviese enfadada con ellas.

En aquella carta que le iba escribiendo en su cabeza le decía, aunque no estaba segura de si lo pondría por escrito, que temía que no fuese cierto lo que les habían dicho de que muy pronto volverían a estar juntos otra vez, y que iban a ser aún más felices que antes, y el mundo más justo, y todo lo demás que decía la maestra. Porque también papá les había dicho que, tan pronto llegase, ella subiría al barco y, sin embargo, no había subido. Pues igual pasaba otro tanto con todo el resto.

La mujer encargada de ellas en el albergue, la que vigilaba que comiesen bien y que no se pusiesen enfermos, que se lavasen las orejas todas las mañanas y tuviesen recogida la ropa, y cosas así; la mujer a la que se le había muerto el marido en la guerra de España, esa mujer, que se llamaba María del Mar y que era muy cariñosa con los niños y que tenía los ojos un poco tristes, le había dicho un día:

—Las guerras, Harmonía, son mala cosa. Puede ser que al comienzo unos sean los buenos, los que tienen la razón, y los otros los malos, los que no la tienen. Pero después de algún tiempo todos se hacen iguales. Las guerras sólo traen calamidades. Sobre todo para las mujeres.

Harmonía quería contárselo a su madre para que su madre le dijese: «¡Miren la maestra Ciruela, que no sabe leer y pone escuela!», que era lo que le contestaba a la tía Nieves cuando se metía con ella por ir a los mítines y le decía que todo cuanto se decía allí eran mentiras, porque los pobres siempre serían pobres y no había vuelta que darle. La madre le replicaba que, si todos fuesen como ella, aún habría esclavos en el mundo, y decía unas cosas tan bonitas que hasta Rosa, que no entendía nada, se quedaba mirándola pasmada, porque la mamá se ponía muy guapa cuando hablaba así, le subían los colores a la cara y le brillaban los ojos; daba gusto verla.

24

Y, aunque fuese por carta, seguro que su madre le contaría otra vez aquellas cosas, y le explicaría por qué llegó tarde, y le diría que no se preocupase, que ella había comprendido que, si no habían salido a la cubierta, había sido porque no las habían dejado.

Pero los días iban pasando y Harmonía no encontraba el momento de ponerse a escribirle todo aquello.

3

Un día la maestra dijo en la escuela:

—Hoy como tarea vais a escribir una carta a vuestras familias. Primero la escribís en el cuaderno a lápiz y después yo os corrijo las faltas y la pasáis a limpio, a tinta, en otro papel.

Les explicó que había que empezar escribiendo el nombre de la ciudad y la fecha, se dejaba un espacio en blanco y después se ponía el nombre de la persona a quien se enviaba la carta; otro espacio en blanco y se podía empezar diciendo «queridos papás» o «queridos tíos», «querida familia». También les explicó cómo se escribía el sobre y les dijo que ella se encargaría de poner los sellos y que al día siguiente a la hora del recreo irían todos a llevarlas al buzón de Correos para que saliesen enseguida.

Harmonía se puso tan nerviosa al ver que al fin iba a escribir a su madre que se hizo un lío y tuvo que preguntar dos veces dónde se ponía el nombre de la ciudad y la fecha. En parte era por culpa de Rosa, que le daba en el brazo todo el rato, diciéndole: «Cuéntale tal cosa a mamá y dile tal otra a papá...» Hasta que Harmonía la mandó callar: tenía que pensar y si continuaba dándole la lata no sería capaz de escribir nada. Rosa debería mandarles un dibujo, así que ya podía empezar a practicar para que le saliese bonito y los papás viesen lo bien que dibujaba y qué lápices más chulos tenía.

Rosa dijo:

—Voy a hacer una gallina.

Y separó los brazos del cuerpo y movió la cabeza exactamente como las gallinas cuando ahuecan las plumas. Rosa tenía una gran habilidad para imitar los movimientos de la gente y de los animales, e incluso de las plantas. A veces decía: «Era un árbol así...», y ponía los brazos y el cuerpo de una forma que todo el mundo entendía que se estaba refiriendo a un pino, un sauce o un ciprés. Le resultaba más fácil representar las cosas que aprenderse el nombre, y por eso en casa y en la escuela a veces la reprendían, o hacían como que no entendían para que no cogiese la costumbre de hacerlo. Pero la verdad era que, cuando Rosa levantaba los brazos en el aire e imitaba el movimiento de los árboles o de los pájaros, a uno le parecía estar viendo las ramas del sauce movidas por el viento o las golondrinas que cruzaban por el cielo. Pero aquel día Harmonía no estaba para apreciar las habilidades de su hermana y le dijo:

—¡Estáte quieta y ponte a dibujarla de una vez!

Aunque Rosa se calló, muy ocupada en hacer una gallina que le cupiese en la hoja de papel, Harmonía no conseguía ponerse a escribir, porque se le venían a la cabeza veinte cosas al mismo tiempo: quería hablarles de los juguetes que les habían regalado, y del abrigo nuevo y del gorro de piel para taparse las orejas, y de tanta nieve que había y cómo hacían muñecos con ella; y contarles que la casa no tenía parra ni conejos, pero sí un jardín con árboles; y los amigos nuevos, y María del Mar y la maestra, que eran muy buenas, y que todo el mundo los trataba bien, mejor que en el orfanato, sin punto de comparación, aunque no les entendían lo que decían, pero se notaba en el modo en que las miraban, con simpatía y con un poco de pena, aunque eso mejor no decírselo a los papás... Y también quería preguntarles por todas las otras cosas que le andaban por la cabeza, en las que no podía dejar de pensar, pero a las que no veía solución y que a veces por la noche no la dejaban dormir...

No sabía por dónde empezar. Miraba al reloj que estaba en la pared de enfrente, encima de la mesa de la maestra, y veía cómo corrían las agujas y cómo los otros niños se aplicaban a la tarea, incluso Rosa, que estaba pintando de rojo un animal redondo con dos patas y muchos dedos en cada pie, sin cabeza ni pico ni nada, pero con el cuerpo lleno de rayas que debían de ser las plumas. Y debajo de ella había otros dos redondeles más pequeños, también con patas, que probablemente eran los pollitos; un pollito era verde y el otro azul y los dos estaban muy arrimados a la gallina.

La maestra se dio cuenta de que no escribía y para ayudarla le dijo:

—No te preocupes de la letra ni de las faltas, Harmonía, que después las corregiremos.

Harmonía dijo que sí y volvió a pasar el lápiz por encima de la palabra Leningrado y de la fecha, haciendo como que escribía, pero seguía sin saber por dónde empezar.

La maestra dijo:

—Id acabando, que tenemos que pasarlas a limpio.

Los niños le fueron dando los papeles de uno en uno y ella los iba corrigiendo en voz baja, señalándoles con un lápiz rojo lo que tenían que cambiar. Y cuando casi todos los niños habían ya acabado, Harmonía, debajo de «queridos papá y mamá», escribió de corrido: «Mamaíña, nosotras queríamos salir a decirte adiós cuando nos llamaste, pero no nos dejaron, decían que se iba a marchar el barco. Tú no tengas pena, que nosotras estamos bien, y la tía no tiene razón, que nosotras sabemos que tú piensas más en nosotras que en la política, y que gracias a ti y a papá todos vamos a ser más felices enseguida, cuando vengáis a buscarnos. No pienses que no te queríamos ver, mamaíña, te lo puede decir papá, que estuvimos esperándote hasta el último momento, pero ya nos dimos cuenta de que tú estarías cuidando a los heridos, para que puedan volver a luchar y todo acabe más pronto, o quizá no te dejaron pasar como a la mujer de Pardo de Cela, pero no importa porque a nosotras no nos van a cortar la cabeza, aquí todos son muy buenos y estamos mejor que en el orfanato...»

Cuando estaba escribiendo eso, la maestra le preguntó:

—¿Has acabado, Harmonía? No vas a tener tiempo de pasarla a limpio.

Harmonía dijo:

—Acabo ahora mismo.

Y añadió a la carta: «Ya todos acabaron de escribir, mamá, papá, os quiero mucho, no estéis enfadados con nosotras, venid pronto, muchos besos y abrazos y también de Rosa, que os manda una gallina».

Harmonía le llevó el cuaderno a la maestra, que empezó a leer y se quedó con el lápiz rojo levantado sin corregir nada. Y después, pasándose un pañuelo por los ojos como si le picasen, le dijo:

—Otro día te corregiré las faltas, Harmonía. No la pases a limpio, mándala tal cual está.

Ella misma cortó la hoja del cuaderno con cuidado para que no se rompiese y le dio un sobre donde tenía que escribir el nombre y la dirección de sus padres. Como todavía le sobraba un poco de tiempo, Harmonía escribió en el dibujo de Rosa: «Esto es una gallina que os manda Rosa con muchos besos».

Estuvo por decirle a su hermana que le pusiese al dibujo un poco de color amarillo para que quedase de un color más parecido al de las gallinas de verdad, pero se acordó de que su tía Nieves les llamaba a sus padres «rojos», y pensó que igual Rosa se acordaba y por eso había hecho la gallina de aquel color. Se lo preguntó y Rosa le dijo:

—Las gallinas son así.

Harmonía entonces dijo que seguro que a los papás les gustaría mucho aquella gallina roja con los dos pollitos tan arrimados a ella.

4

Las cartas que escribieron los niños tenían que recorrer un largo camino para llegar a las ciudades en las que ellos vivían con sus familias antes de la guerra. La maestra les señalaba en un mapa los países que tenían que atravesar hasta llegar a España, y les contaba cómo era de grande cada país, y los ríos, los montes y hasta los mares que las cartas tendrían que pasar.

Harmonía había pensado que, si ellas habían tardado quince días en llegar, una carta tardaría lo mismo, poco más o menos. Y si los padres contestaban pronto, en cosa de un mes podían tener una respuesta. Pero la maestra le dijo que en tiempos de guerra no se podían hacer esos cálculos, porque podía suceder que el correo no pudiese entrar en el país o que los padres no estuviesen en su domicilio habitual; así que habría que tener paciencia.

Harmonía suspiró y dijo que bien, y se acordó de León, de si tendría padres o familia a quien escribir. Le preguntó por él a la maestra y ella le dijo muy interesada:

—¿Lo conocías? ¿Era amigo tuyo?

—¿Era?...

Harmonía sintió un nudo en la garganta, pero la maestra le aclaró enseguida que León no había muerto, que había estado en el hospital porque había venido enfermo, pero que ahora estaba ya curado y a punto de ser enviado, igual que todos, a un hogar de refugiados. Si ella lo conocía tratarían de traerlo a la misma casa, o por lo menos a la escuela, para que no se encontrase tan solo. Harmonía dijo que sí, que lo conocía. Aunque nunca había hablado con él, sentía como si lo conociese de mucho tiempo atrás: una cosa rara que no sabía explicar; por eso le pareció más sencillo decirle a la maestra que sí, sin más, y que ella pensase que eran amigos de antes.

Sin embargo, a Rosa se lo explicó. Aunque su hermana sólo tenía seis años, era muy lista y entendía más cosas de las que uno pensaría de una niña de su edad. Debía de ser porque lo miraba todo con aquellos ojos tan vivos y, como siempre andaba pegada a Harmonía, no se le escapaba nada de lo que sucedía alrededor de su hermana.

Lo que no entendía, Rosa lo almacenaba en la memoria, igual que se echaba al bolsillo cualquier cosa brillante que encontraba por el suelo: una piedrecita, una arandela, la cuenta de un collar o un abalorio, menudencias que no valían nada, pero que ella recogía y guardaba en una caja. De vez en cuando las sacaba, las miraba un rato y las guardaba de nuevo. Y con lo que no entendía hacía lo mismo: lo metía en la caja de la memoria y, cuando más distraída estaba su hermana, le preguntaba, como hizo aquel mismo día al bajar del autobús y echar a andar camino de casa:

—¿De qué conoces tú a León?

Harmonía le explicó que ella sabía, sin necesidad de que nadie se lo dijese, por qué León no dejaba de llorar aquel día en que les repartieron los juguetes y, cuando eso sucede, significa que dos personas se entienden bien y son amigas, aunque no se conozcan de antes.

Rosa se quedó pensativa un rato y después dijo:

—¿Y si yo adivino por qué lloraba seré también su amiga?

Harmonía pensó que Rosa quería jugar a las adivinanzas y que no estaba bien utilizar a León para pasar el rato, pero ya Rosa preguntaba:

—No era por el juguete, ¿a que no?

Iba a decirle que no había que jugar con las personas cuando Rosa insistió:

—¿Era porque no tiene mamá ni papá?

Harmonía pensó que Rosa era realmente muy lista, pero que mejor sería no calentarle la cabeza con sus propias preocupaciones, así que le dijo que sí, que era eso. Entonces Rosa se puso muy contenta y empezó a andar a saltitos cortos, como un gorrión cuando va buscando comida por el suelo, mientras canturreaba:

—¡León, León, León, León!

Se soltó de la mano de Harmonía y comenzó a bailar alrededor de ella una danza de su invención.

Rosa, cuando estaba contenta o cuando se enrabietaba, daba saltos y giros, acompañándose ella misma de un canturreo que recordaba las pandeiradas gallegas y, antes de pasar por el orfanato, de unos chillidos parecidos a los aturuxos, que perforaban los tímpanos. Era su manera de expresar la alegría o la cólera. En su casa estaban acostumbrados, y su padre incluso les había puesto nombre a las más repetidas: la danza del guerrero furioso, la danza de la bruja mala, la danza de los pájaros en la primavera... Había muchas, porque Rosa variaba continuamente los movimientos, aunque la melodía siempre fuese muy parecida. Harmonía solía preguntarle el nombre de cada nueva danza, pero aquel día no estaba para fiestas y le dijo muy seria:

—Ven aquí enseguida y no te sueltes de mi mano sin mi permiso.

Rosa obedeció. Se puso otra vez al lado de su hermana y le explicó:

—Era la danza de los nuevos amigos, ¿sabes? ¡Ya me tarda que lo traigan a la escuela!

Harmonía, por el contrario, empezó a temer la aparición de León. ¿Y si llegaba y se metía en un rincón como en el barco? La maestra le diría que fuese a hablar con él. Y ella, ¿qué le iba a decir?, ¿qué cara le pondría León cuando fuese a su lado? La miraría sin reconocerla siquiera. La maestra le diría: «¿No te alegras de ver a tu amiga, León?». Y León: «No es amiga mía. No la conozco...» Y todos los niños y niñas de la clase pensarían: «¡Vaya con Harmonía! ¡Le metió una buena trola a la maestra! Seguro que le gusta León y por eso dijo que lo conocía». Y ella se pondría colorada hasta las orejas sin saber dónde meterse ni qué decir.

Llegó a pensar que lo mejor sería que no lo trajesen a la escuela, pero, por otro lado, quería que viniese; era una cosa rara que no se explicaba: temía y al mismo tiempo deseaba que él estuviese allí. Se arrepintió de haberles dicho a la maestra y a Rosa que era su amiga, y hasta pensó en desdecirse. Pero si lo hacía, quizá se llevasen a León a otra escuela y quizá no volvería a verlo nunca más. Aquel pensamiento le encogía el corazón y le daba ganas de llorar...

Después de muchas vueltas llegó a la conclusión de que prefería pasar la vergüenza de no ser reconocida por él, a correr el riesgo de que lo llevasen lejos, incluso a otra ciudad, y no verlo nunca más. Así que decidió callarse y esperar a ver lo que pasaba.

Y por fin un día dijo la maestra:

—Harmonía, mañana viene tu amigo León.

Harmonía pensó que el corazón se le escapaba del pecho y que todos iban a oír los tremendos latidos que daba. Se alegró de que Rosa atrajese la atención de la maestra al batir palmas muy contenta:

—¡Qué bien, qué bien, que ya vuelve León!

Aquella noche Harmonía durmió mal, inquieta y con pesadillas. Vio en sueños la carta que les había escrito a sus padres. Era una carta con alas y cabeza de paloma, o una paloma con cuerpo de carta, una cosa rara. Iba volando, y hombres con uniformes y fusiles disparaban contra ella y la herían. La sangre goteaba del pecho de la paloma-carta, pero ella seguía adelante. Faltaba ya poco para que llegase a donde estaba su madre de enfermera y la paloma avanzaba a saltitos cortos, medio a rastras, porque ya no le quedaban fuerzas para volar. Casi había llegado cuando le cortaron el camino unos perros que se lanzaron contra ella. La paloma-carta aún consiguió remontar el vuelo, elevándose del suelo poco a poco. Pero volaba muy bajo y los perros brincaban y le arrancaban plumas de las alas y de la cola, hasta que con un último esfuerzo la paloma consiguió subir un poco más arriba, adonde no llegaban los perros... Y entonces Harmonía se despertó, toda sudorosa y angustiada.

Bebió un poco de agua para serenarse, pero al volver a dormirse las pesadillas continuaron. Soñó con León. Lo traían entre dos hombres vestidos de blanco, como si fuese un loco, y lo colocaban en medio del patio de la escuela con todos los niños alrededor. Ella tenía que acercarse a él para darle algo, no sabía qué, pero era algo que llevaba en las manos. Y se iba acercando con los brazos extendidos para que él viese lo que le llevaba. Pero al llegar a su lado, León cerraba los ojos, se tapaba la cara con las manos y decía: «No quiero nada de ella. No la conozco...»

Así se pasó toda la noche, soñando con la paloma-carta y con León. Cuando las primeras luces del día asomaron por las rendijas de las contraventanas, Harmonía estaba ya despierta.

Se levantó y se arregló antes de que Rosa o cualquier otro niño se despertase. María del Mar le preguntó si se encontraba mal o si necesitaba algo; era siempre muy cariñosa con los niños y se ocupaba de ellos como si fuesen sus hijos, o mejor sus hermanos pequeños, porque ella era una chica joven, aunque se vestía como si fuese una mujer mayor.

Harmonía le dijo que tenía que repasar la lección. El día antes no le había dado tiempo y no se la sabía bien.

Le dio, en efecto, otro repaso, porque no quería quedar mal ante León en el caso de que a la maestra se le ocurriese preguntarle. Y además se peinó con más cuidado que otros días. Cuando ya se marchaban, María del Mar la miró con atención, le acarició la mejilla y volvió a preguntar:

—¿Seguro que estás bien, Harmonía?

Harmonía dijo que sí, cogió a su hermana de la mano y echó a andar.

Mientras esperaban el autocar de la escuela Rosa le preguntó:

—¿Qué te has hecho en el pelo?

Harmonía pensó que menos mal que Rosa hacía las preguntas indiscretas cuando estaban a solas. Era una buena costumbre que había adquirido en el orfelinato: no hablar de sus cosas delante de extraños, aunque fuesen buena gente como la maestra o María del Mar.

Harmonía le contestó que no había hecho nada, pero no era verdad. Había estado mojándose el pelo por la frente y las sienes para que al secarse se formasen rizos. Ahora todavía estaba mojado, pero en el trayecto hasta la escuela acabaría seco y rizado.

Rosa le dijo:

—Lo tienes lleno de escarcha, como las ramas de los árboles.

Harmonía se echó la mano a la cabeza y comprobó que su pelo crujía como las hojas secas. Tirando un poco de un mechón pudo ver que estaba cubierto de finas escamas de hielo. Se apresuró a protegerlo, calándose el gorro hasta las cejas y rogando a todos los santos que no se le cayese el pelo, como se caían las hojas. Por lo menos, suplicó, si iba a quedarse calva, que fuese después de que acabase la escuela.

Con el calor del cuerpo se deshizo el hielo, y en el autocar Harmonía volvió a acicalarse el pelo, dándole forma para que se le hiciesen rizos en la frente y a los lados de las mejillas, que ella sabía que le quedaban muy bien.

Rosa no le quitaba ojo de encima, siguiendo toda la maniobra como si no hubiese otra cosa que mirar en el mundo. Harmonía fingía no darse cuenta, porque algunas veces, si no se la miraba, Rosa se quedaba callada. No solía dar resultado, pero Harmonía aparentó estar muy ocupada repasando la lección en el libro, mientras con la mano se arreglaba el pelo.

Cuando ya estaban llegando a la escuela y Harmonía cada vez más nerviosa se removía en el asiento y se tocaba la cabeza para comprobar que no estaba aún calva, Rosa se acercó un poco más a ella. Solía hacerlo cuando tenía miedo, o quería ir al lavabo y no se atrevía a decirlo, o cualquier otra bobada, así que Harmonía la miró para ver qué le pasaba. Rosa levantó hacia ella la cara y le dijo:

—Estás muy guapa, Harmonía.

Harmonía sintió que se le apretaba la garganta y no dijo nada. Cogió fuerte y con decisión a su hermana de la mano y entró con ella en la escuela.

León ya estaba allí, junto al encerado, de pie al lado de la maestra. Tenía un abrigo nuevo y estaba más alto y un poco menos flaco que la última vez que lo había visto, pero los ojos eran igual de tristes e igual de negros y brillantes, con aquellas pestañas que le hacían sombra en las ojeras. Harmonía se quedó en el pasillo sin saber qué hacer hasta que la maestra dijo:

—Ven, Harmonía.

Ella apretó los cuadernos y el libro contra su pecho, donde el corazón le latía a ritmo de rebato. Llegó a su lado y le dijo:

—Hola, León.

León alargó la mano y dijo:

—Hola, Harmonía.

Y Harmonía supo que se acordaba de ella. Todo el mundo, al oír su nombre por primera vez, decía: «¿Cómo?». Harmonía era un nombre raro, que a la gente no le sonaba, y ella tenía que repetírselo. Pero León, no. Él se había fijado en ella, igual que ella se había fijado en él entre tantos niños del barco: el único que no lloraba, el más triste de todos, el que tenía los ojos más bonitos. Y había dicho su nombre como si la conociese de toda la vida, desde siempre.

Estrechó la mano que se tendía hacia ella, como la maestra les había explicado que había que saludar a las personas mayores. Harmonía nunca hasta entonces lo había hecho. Los amigos de sus padres, que aparecían por la casa o por la escuela, le daban siempre un beso, y en el orfanato no había tenido visitas. León, por el contrario, parecía acostumbrado a hacerlo; estaba serio, pero normal, sin vergüenza, y le apretó la mano con fuerza. Ella hizo lo mismo. Y entonces se oyó la voz de Rosa, que le tiraba a León de los faldones del abrigo:

—León, yo soy Rosa.

León soltó la mano de Harmonía y sonriendo, sonriendo por primera vez desde que lo habían visto en el muelle aquel día que ya parecía tan lejano, le hizo una caricia en la mejilla y le dijo:

—¡Hola, Rosa!

Después la maestra lo colocó en la primera fila y todos se acomodaron en sus puestos. Harmonía miró por la ventana. Nevaba, pero tuvo la impresión de que entre los copos de nieve brillaban rayos de sol, porque las paredes y el aire y hasta los niños de la escuela, todo parecía más luminoso y más claro.

SEGUNDA PARTE

1

Mientras Harmonía y Rosa se reunían con su nuevo amigo, la carta que habían escrito a sus padres hacía su camino a través de toda Europa. Fue pasando de un país a otro hasta llegar a la frontera entre Francia y España. Allí se detuvo porque la ciudad a la que tenía que llegar estaba en poder de los que se llamaban a sí mismos «nacionales» y, como la carta venía de un país que ayudaba a los llamados «rojos», no podía pasar. Se quedó, pues, en la frontera esperando a que se resolviese aquella contienda.

Los padres de Harmonía y Rosa seguían luchando, pero cada vez con menos esperanzas de que aquello acabase bien y más desengañados de lo que se podía conseguir con las guerras. Miguel, el padre, seguía en el frente, y la madre, Carmiña, procuraba estar siempre en el puesto de socorro más próximo a donde él se encontraba.

Cada vez que había un combate y empezaban a llegar los camiones con los heridos y los muertos, Carmiña temía que uno de aquellos soldados cubiertos de sangre y destrozados por la metralla fuese Miguel. Cuando comprobaba que no estaba allí, respiraba con alivio, pero la alegría le duraba poco, porque sentía mucha pena por los que habían caído y porque pensaba que cualquier día le tocaría a él. Así que andaba siempre triste y con pocos ánimos.

A Miguel le pasaba lo mismo. Él creía firmemente que estaba defendiendo una causa justa, pero con el tiempo se fue dando cuenta de que eso mismo creían muchos del otro bando. Y llegó a la conclusión de que la guerra no era forma de solucionar las diferencias entre la gente. Había que encontrar una manera de arreglar las cosas sin machacar a quienes tuviesen diferentes ideas o creencias. Lo pensaba sobre todo desde que encontró a su amigo Enrique entre un grupo de prisioneros.

Enrique y él habían estudiado juntos Magisterio y se habían hecho buenos amigos. No tenía noticias suyas desde que había empezado la guerra y, de repente, vino a encontrárselo en aquellas circunstancias: rodeado de soldados que lo llevaban para ser juzgado junto con el alcalde, el delegado de la Falange y otros representantes de cargos públicos que, al estallar la guerra, no se habían mantenidos fieles a la República. Enrique era maestro en la ciudad que acababan de tomar, pero también era hijo de uno de los generales sublevados, y seguramente ésa era la causa de que lo llevasen detenido.

Cuando vio a Miguel, a Enrique se le alegró la cara e incluso hizo ademán de acercarse, pero Miguel fingió que no lo conocía y Enrique, dolido y digno, siguió adelante sin decir nada y sin volverse.

Miguel, que era ya oficial, sabía por otras veces lo que iba a pasar: les harían un juicio sumarísimo y los fusilarían inmediatamente. En aquellos casos, junto a jefes militares que habían sido voluntariamente traidores a la República, caían personas que estaban allí en contra de su voluntad, obligadas por las circunstancias.

Muchas veces había pensado Miguel en lo injusto de aquella situación, pero nunca hasta entonces se había visto afectado tan de cerca por ella. Le constaba que Enrique era una buena persona que jamás había hecho daño a nadie y que respetaba las ideas de todo el mundo. Pensó por un momento en hablar con el comandante y en defender a su amigo, pero enseguida cambió de idea: los combates para tomar la ciudad habían sido muy duros, había habido muchos muertos, y los vencedores querían venganza y no justicia. Así que decidió actuar por su cuenta.

Siguió a la caravana de prisioneros para ver adónde los llevaban. Cuando los dejaron encerrados en un salón del ayuntamiento en el que serían juzgados, escribió el nombre y los apellidos de Enrique en una hoja de papel. Se presentó ante el soldado que hacía guardia a la puerta y mostrándole la nota le dijo con tono autoritario:

—Haga salir a este prisionero. Tengo que llevarlo para que sea interrogado.

El soldado se cuadró, entró en el salón y voceó el nombre de Enrique. Miguel pidió a todos los santos que su amigo no hiciese nada que despertase las sospechas del soldado. Para prevenirlo se puso muy serio y lo apuntó con el fusil nada más verlo aparecer.

—Echa a andar delante de mí y no muevas ni una pestaña o te dejo tieso.

Enrique, espantado de ver a su amigo en aquella actitud, sólo preguntó sin mirarlo:

—¿Para dónde?

Miguel, que no conocía la ciudad ni sabía para dónde tirar, hizo un gesto vago y con el cañón del fusil le hizo avanzar en una dirección.

En cuanto perdieron de vista el ayuntamiento, Miguel miró alrededor. Como no se veía a nadie, bajó el arma y, poniéndose al lado de Enrique, le dijo:

—¿Adónde podemos ir que estés seguro?

Enrique, aún confuso, lo miró sin decir nada. Miguel sonrió y le guiñó un ojo.

—¡Espabila, chaval, o vamos a acabar los dos en el paredón!

Con la emoción Enrique no podía hablar y Miguel lo empujó hacia un portal y allí se abrazaron los dos, medio riendo, medio llorando.

—¡Venga —dijo por fin Miguel—, no hay tiempo que perder!

Enrique lo cogió por un brazo.

—¿Miguel, estás seguro de lo que haces? Nunca le he hecho daño a nadie, pero mi padre está con Franco, ya lo sabes. A ti esto te puede costar la vida.

—¡No digas bobadas! Eres mi amigo y eres un buen tío. No voy a dejar que te maten como a ese montón de traidores. Venga, no perdamos tiempo. Vamos a recoger a Marita y a ver dónde os podéis esconder hasta que acabe esto.

Enrique sacudió la cabeza.

—Marita murió. Hace ya un año, al dar a luz. Hubo complicaciones en el parto y no la pudieron atender porque las bombas habían destruido el hospital. El niño murió también; era un niño, ¿sabes?... Lo hemos pasado muy mal aquí, y ahora esto. Sólo me queda la niña... En fin, vamos a casa. Si podemos llegar allí, recojo a mi hija y malo será que no encontremos cobijo.

Miguel se acordó de Harmonía y de Rosa, que era de la misma edad que la hija de Enrique. Pensó que había hecho bien mandándolas a Rusia. Allí estarían a salvo de las bombas y del hambre y de la falta de medicamentos, aunque les faltase el cariño de la familia.

Enrique recogió a su hija, que estaba con una vecina, y ya en la casa, mientras metía lo indispensable en unas bolsas, le dijo a su amigo:

—Tengo noticias seguras de que la República está perdiendo la guerra. Deja ese uniforme y vente conmigo. Conozco un sitio donde podremos escondernos. Será ya cosa de poco tiempo.

Miguel negó con la cabeza.

—Creo en lo que hago y lo mantendré hasta el final. No soy un desertor.

Enrique lo agarró por el brazo.

—Escúchame, Miguel. Tú eres un maestro, como yo; no un soldado. La guerra es algo malo, no hay que defenderla.

Miguel le palmeó la espalda.

—La guerra la empezaron los tuyos, Enrique, los que se levantaron contra la República, democráticamente elegida. Yo defiendo la legalidad y la justicia.

—No discutamos, Miguel. Esto se acaba y habrá represalias. Lo sé por mi padre. Además, si los tuyos se dan cuenta de que me has soltado, te pueden fusilar a ti. ¡Por Dios, vente conmigo! No pienses que es cobardía. Desde que me falta Marita, no me importa morir. Si me escondo es por la niña, para que no se quede sola. Vente.

—No, Enrique. Tú has sido siempre un maestro y debes esconderte por tu hija. Yo escogí ser soldado y debo seguir luchando hasta el final. Carmiña está también en esto, de enfermera en el frente; y las niñas en Rusia. Cada uno debe seguir su camino.

Enrique bajó la cabeza, abatido. Se quedó un momento pensativo antes de decir:

—Entonces, espera; tengo algo que hacer.

Escribió unas líneas en una cuartilla. La metió en un sobre, lo cerró y escribió la dirección. Después se lo dio a Miguel.

—Cuando esto acabe, búscame, Miguel. Te lo pido por favor. Y si yo falto, busca a mi padre, dile que eres mi amigo. Amigo de Pizca, díselo así. Él sabe que quien me conoce por ese nombre es como si fuese mi hermano. Y dale esta carta.

Miguel dijo que confiaba en que no llegase nunca ese momento, pero que, si llegaba, lo haría así. Se abrazaron otra vez y Enrique cogió a la niña de la mano. Miguel los acompañó un rato para evitar que alguna patrulla los detuviese. Al llegar a una encrucijada, Enrique le dijo:

—Aquí no separamos, Miguel. Es mejor que no nos vean juntos. La gente tiene miedo y desconfía.

—De acuerdo... Adiós, Enrique.

—Adiós, amigo.

Miguel se dio media vuelta y se fue sin mirar para atrás. Sentía una opresión en el pecho como si llevase encima una losa. Se dio cuenta de que los dos se habían despedido diciendo adiós y no hasta la vista. Le pareció un presagio.

2

Miguel y Enrique no se volvieron a ver. Miguel cayó en la batalla del Ebro. Un muerto más en aquella guerra en la que murieron un millón de españoles. No tuvo ni siquiera una tumba en donde los suyos pudieran recordarlo: una fosa común recogió su cuerpo junto al de otros muchos compañeros.

Carmiña recibió una concisa comunicación oficial de la muerte y poco después un paquetillo en el que una mano generosa había recogido las escasas pertenencias que los soldados llevan consigo y que quieren hacer llegar como recuerdo a su familia: una medalla, un reloj, el anillo de casado, una carta...

La medalla era la de la primera comunión y, aunque Miguel no frecuentaba la iglesia, sí era creyente y la llevaba siempre al cuello. Carmiña la colgó del suyo junto con la alianza. Al sentir cómo chocaba con la suya, se acordó de cuántas veces al abrazarse desnudos chocaban las dos medallas con un sonido que entonces le parecía alegre y gozoso. Y se echó a llorar.

El reloj había sido su regalo de boda. Era un buen reloj, que marcaba los segundos y que podía servir de cronómetro. Miguel era aficionado a los deportes y solía organizar carreras con los niños de la escuela. Carmiña se quitó el suyo de la muñeca y puso el de Miguel. Se sorprendió de no tener que correr más que un agujero. «¡Pobre mío —pensó—, qué flaquito estabas!» Y de nuevo se echó a llorar.

Pero ni siquiera tuvo tiempo de llorar todo lo que quería. Los heridos seguían llegando, cada vez más y más graves, y Carmiña se secó los ojos y se dispuso a continuar su trabajo.

De la carta que venía en el paquete pensó en un primer momento que se trataba de una equivocación. La letra no era de Miguel y no estaba dirigida a ella, sino a un general franquista; no comprendía por qué tenía su marido una carta para un traidor a la República. Pero al mirar el remitente se dio cuenta de que se trataba del padre de Enrique, y dedujo que Miguel debía de haber visto a su amigo y que se trataba de hacerle un favor. Ella también quería a Pizca, pero, como no veía el modo de hacer llegar aquella carta a su padre, decidió guardarla por si más adelante había ocasión de hacerlo. La puso entre sus cosas y se olvidó de ella.

Carmiña siguió cumpliendo con sus deberes de enfermera, pero, desde que recibió la noticia de la muerte de su marido, cayó en una especie de insensibilidad; lo que más temía había sucedido ya. Las niñas estaban seguras y bien atendidas en Rusia, y lo que pudiera pasarle a ella la tenía sin cuidado. Lo que quería, más bien, era morir. Incluso pensó en coger un fusil e ir al frente como un soldado más. La vida sin Miguel le parecía vacía y sin sentido, igual que antes de conocerlo. Entonces era una chica estúpida, pensaba, como su hermana, que hacía trisagios y novenas y creía que con eso había cumplido ya sus obligaciones con la sociedad. Él le había hablado de un mundo mejor, más solidario, más justo, por el que valía la pena luchar... y morir.

«Pero nosotros vamos a morir para nada —pensaba Carmiña—. Van a ganar ellos.» Una tras otra iban cayendo todas las plazas que defendían a la República, el ejército leal se replegaba día a día hacia la frontera con Francia, que aparecía como la única posibilidad de salvar la vida, ya que no otra cosa.

Carmiña se ponía la mano en el pecho, tocaba las dos medallas y creía oír la voz de Miguel:

—Podrán quitarnos la ventura, pero el esfuerzo y el ánimo será imposible.

Cuando decía cosas así, Carmiña se quedaba mirando para él, encantada de verlo tan guapo y tan listo. Él se reía y le explicaba:

—Esto no es de mi cosecha, Carmiña. Lo dijo hace varios siglos un loco genial, que tenía más razón que todos los cuerdos que se reían de él. Se llamaba don Quijote.

Carmiña era una mujer fuerte, una luchadora, y le gustaba ganar. Se rebelaba y se amargaba cuando las cosas no salían como debían ser. Miguel, por el contrario, pensaba que había que seguir, aunque el éxito no coronase el esfuerzo.

—Si las cosas fuesen como deben ser, si siempre ganasen los buenos, este mundo sería un paraíso; y no lo es. Pero nuestra obligación es luchar para que no sea un infierno.

«Y mi obligación es seguir aquí —pensaba Carmiña—, cuidando heridos. Y cuando esto acabe, ir a buscar a las niñas y continuar con ellas la labor que empezó su padre.»

Pero la suerte parecía estar en contra de aquel proyecto. En uno de los avances del ejército de Franco, el puesto de socorro no pudo replegarse a tiempo y médicos y enfermeras fueron hechos prisioneros y enviados a la retaguardia.

Los fusilamientos empezaron enseguida. Un día un soldado vino a buscarla a ella. Carmiña se despidió con un abrazo de los que habían sido sus compañeros en los últimos tiempos y se dispuso a morir con dignidad. Pero el soldado no la llevó al patio donde fusilaban a los presos, sino a un despacho en el que se encontraba un general. Carmiña pensó que iban a interrogarla.

—¿Dónde está su marido? —le preguntó secamente aquel hombre.

Carmiña irguió la cabeza y sintió una amarga satisfacción al contestarle:

—Murió defendiendo la causa de la República.

Mientras le mostraba un sobre abierto, que Carmiña no reconoció en un primer momento, el general dijo con el mismo tono cortante:

—Esta carta que usted tenía entre sus cosas es de mi hijo... Yo soy el padre de Enrique. Su marido era amigo suyo y en una ocasión arriesgó su vida para salvarlo. Yo quiero corresponder a ese favor.

—¡El padre de Pizca! —dijo Carmiña, atónita.

A Enrique su madre le llamaba Pizca. No porque fuese pequeño, que era un buen mozo, sino porque de niño comía poco y cuando le ofrecían algo solía decir: «Sólo quiero una pizca». Incluso al hacerse mayor siguió prefiriendo las pizcas a los grandes trozos de comida. El general se conmovió al oír aquel nombre, y Carmiña empezó a mirarlo con más simpatía. Le preguntó:

—¿Qué es de Enrique? ¿Por dónde anda? Esa carta me la mandaron con las cosas de mi marido cuando él murió.

El general respondió con amargura:

—También Enrique está muerto. Lo mataron cuando intentaba llegar a nuestras líneas.

Carmiña se quedó helada. ¡Enrique muerto en la guerra! ¡El Pizca, que nunca se había metido en una pelea y que siempre andaba poniendo paz entre todo el mundo!

—¿Y Marita? ¿Y la niña?

—Su mujer murió de parto, igual que la criatura, o más bien por falta de cuidados y de medicamentos. Y la niña mayor murió con Enrique cuando intentaban salir de la ciudad. Les echaron una granada en el coche.

Carmiña se calló, horrorizada. Los dos estuvieron unos instantes en silencio, mirando al suelo. El general fue el primero en reaccionar.

—¿Usted tiene hijos?

—Dos niñas. Están en Rusia desde el comienzo de la guerra.

El general asintió con la cabeza.

—En ese caso, creo que el mejor plan es el que voy a proponerle. Ahora se quedará aquí, en este cuarto que yo cerraré con llave. Esta noche vendré a buscarla y la llevaré a la frontera. En Francia estará a salvo y desde allí usted verá lo que quiere hacer. Mi consejo es que de momento no vuelva a España.

Tal como lo proyectó, lo llevó a cabo. Al llegar la noche metió a Carmiña en la parte trasera de un coche militar y la cubrió con una manta. Así atravesó, recibiendo los saludos de los soldados, todos los puestos de guardia. Después del último, apagó los faros, se desvió de la carretera y paró en un camino que bordeaba una loma. Ayudó a Carmiña a bajar del coche y le explicó la situación:

—Detrás de esa loma es ya territorio francés. Vaya con precaución, agachada, pero no tema. Si alguien le da el alto identifíquese. Por aquí sólo puede encontrar republicanos que van a buscar refugio en Francia.

Carmiña se dio cuenta de que el padre de Enrique estaba poniendo en peligro su vida por corresponder a lo que Miguel había hecho. Le alargó la mano.

—¡Gracias! Y márchese ya; no lo vayan a coger a usted... Yo quería mucho a Enrique, ¿sabe?... Él y Miguel, mi marido, eran los dos unas buenas personas. Gente así no debía morir de esa manera; tenían aún mucho que hacer por los demás. Y Enrique ni siquiera era soldado... ¡Todo es tan injusto!

El general asintió.

—Él era pacifista. Estaba en contra de la guerra; nunca quiso alistarse. Y ahora él está muerto y yo vivo.

Sacudió la cabeza como si quisiera echar fuera sus pensamientos y apretó con fuerza la mano de Carmiña.

—Que tenga mucha suerte. Y que sus hijas estén bien.

Carmiña sabía que Enrique era hijo único. Pensó que era triste que la guerra dejase sin hijos ni nietos a aquel hombre, ya viejo. Y se acordó de la madre de Enrique, que ya no volvería a ver a su Pizca. Se acercó al general y le dio un beso.

—Que encuentre bien a su mujer. Y hasta que Dios quiera, señor.

—Suerte... y hasta que Dios quiera, niña.

3

Carmiña trepó a oscuras por la loma y al llegar a la cima se tumbó en el suelo para observar lo que pasaba al otro lado. Vio una carretera por la que avanzaba despacio una caravana de gente: unos con carros, otros con bicicletas y la mayoría a pie, arrastrando bultos y maletas. También se veían algunos soldados republicanos, llenos de vendas y con muletas. Era una fila interminable que entraba por un lado de las barreras y salía por el otro conducida por soldados franceses. Carmiña apoyó la frente en la tierra:

—Esto es el fin.

Estuvo allí mucho tiempo, mirando entre lágrimas a aquella gente que dejaba su tierra. Iban arrastrando los pies, con los hombros caídos, sin fuerzas, tristes y desesperanzados.

«Sin esperanzas no —pensó Carmiña—. Si fuese así se dejarían morir sin abandonar la patria. Tienen fuerzas para seguir y eso quiere decir que tienen esperanzas.»

—Llorando no se arregla nada —dijo para sí misma.

Se acordó de las niñas, de Harmonía, que no era nada llorona, y de Rosa con sus chillidos y sus piruetas extrañas. Y sobre todo de Miguel, cuando las cogía en brazos y le decía a ella: «Déjalas que lloren; a veces es bueno desahogar las penas».

Pero también pensó que tenía toda la vida para llorar y que ahora había que hacer otras cosas. Apoyó la cabeza en la tierra y habló bajito:

—Miguel, me voy. Tengo que dejar España, y Dios sabe cuándo podré volver. Pero llevaré conmigo nuestra tierra, vaya a donde vaya. Ayúdame a seguir luchando por lo que tú defendías, que no sé si podré hacerlo yo sola. Cuida de las niñas... Miguel, amor mío..., no te olvidaré nunca.

Besó la tierra y echó a andar ladera abajo hasta juntarse con aquella procesión de gente que entraba por la frontera para buscar refugio en el país vecino.

Nada más cruzar a Francia, eran recibidos por soldados que desarmaban a los españoles y llevaban a todo el mundo, heridos o no, a unos campos de refugiados que más bien parecían de concentración, dado lo miserable de las condiciones. Carmiña se dio cuenta de que eran tratados como prisioneros más que como seres libres, y empezó a maquinar la forma de escapar de aquello.

De momento, en vez de avanzar, se fue quedando atrás, ayudando a los heridos a entrar en los camiones y a los viejos y a los niños que no podían valerse por sí mismos. Como llevaba el uniforme de enfermera, los soldados franceses la dejaban hacer, sobre todo porque ella actuaba con seguridad, como quien está cumpliendo una labor que tiene encomendada.

Así pasó toda la noche, y ya al amanecer se sentó en el suelo, en un rincón. Arrimada a la pared, cerró los ojos para descansar un rato. Estaba casi dormida cuando la sobresaltó una voz. Abrió los ojos y vio frente a ella a una mujer corpulenta con un uniforme que a primera vista no identificó. La mujer tenía en las manos un termo y una taza humeante.

—¿Te apetece un poco de café con leche?

Carmiña iba a levantarse para agradecerle el ofrecimiento cuando la mujer se sentó a su lado.

—Quédate ahí. Tienes que estar muy cansada.

Señaló la alianza de Carmiña:

—¿Y tu marido?

Carmiña miró a la mujer. Tenía una cara simpática y cordial. No parecía policía, aunque llevaba uniforme.

—Murió en la batalla del Ebro.

La mujer asintió, moviendo la cabeza.

—Allí murió también el mío... Era de las brigadas internacionales.

Las dos se quedaron calladas bebiendo el café.

—Me llamo Irene —dijo la mujer—, que en griego quiere decir «paz». Mi padre era un pacifista convencido. En el año catorce fue a la cárcel por negarse a participar en la guerra. En mi casa nunca hubo juguetes bélicos, ni espadas ni pistolas, nada de eso. Y yo me fui a enamorar de un hombre que se hace matar en una guerra ajena... Así es la vida.

—Los brigadistas eran buena gente —dijo Carmiña—, hombres generosos y valientes que lucharon por lo que creían justo. Mi marido también era así. Era maestro y dejó la escuela para alistarse voluntario.

—Los hombres ponen siempre sus ideas por encima de los sentimientos. Y se equivocan. No es justo dejar a una mujer ni a una madre ni a unos hijos para ir a luchar por una idea. Este mundo es así porque los hombres lo hicieron así. Si las mujeres mandásemos, no habría guerras. Ninguna guerra vale un hijo muerto, o un padre, o un marido... y las ideas se pueden defender sin hacer guerras... ¿Has oído hablar de Mahatma Gandhi?

Carmiña sonrió con tristeza:

—Miguel, mi marido, me hablaba de él. Lo admiraba mucho.

—También mi padre. Era su modelo: había que hacer huelgas y no tomar las armas; la resistencia pasiva, que es lo que Gandhi practica. Ya verás cómo consigue la independencia de la India sin necesidad de guerras...

—Si no lo matan antes.

—Si lo matan, otros seguirán su camino. Mira los cristianos. No les hizo falta una revolución para imponer sus creencias... Hablo de los primitivos, porque los de ahora no son santos de mi devoción. Están haciendo todo lo contrario de lo que predica el Evangelio. ¿Tú eres católica?

Carmiña se encogió de hombros.

—Mi familia lo es. Pero Miguel y yo no íbamos a la iglesia. En mi país ahora la Iglesia está con los ricos. Yo quiero estar con los que buscan la justicia y el bien para todos los hombres.

Irene asintió y repartió entre las dos el café que quedaba.

—¿Y ahora qué piensas hacer?

—No lo sé. He oído que en la Argentina ayudan a los refugiados republicanos. Yo soy enfermera y tengo casi completa la carrera de Magisterio; le ayudaba a mi marido en la escuela. Y además sé coser y cocinar. Si es necesario trabajaré de criada. Y cuando tenga un trabajo seguro reclamaré a mis hijas, que están en Rusia... Pero hay que llegar a la Argentina.

Irene volvió a dar cabezadas de asentimiento.

—Lo primero es salir de aquí. A mí no me gusta lo que están haciendo con los refugiados. Los tienen en campos que parecen cárceles.

Carmiña suspiró:

—No tengo muchas opciones.

Irene posó una mano sobre las rodillas de Carmiña.

—Quizá yo pueda hacer algo. Conozco a gente que anda en esto de ayudar a los republicanos españoles. Yo no soy de la organización, pero puedo esconderte en mi casa hasta ver cómo van yendo las cosas. Trabajo en Correos, soy viuda, como ya sabes, y no tengo hijos. Mi casa es modesta, pero estarás mejor que en un campo de refugiados.

Carmiña, abatida, contestó con la voz empañada por las lágrimas:

—No quiero ser una carga para ti... No sé qué decirte.

—No digas nada y déjame hacer a mí... Lo más difícil es salir de aquí sin que te vean. Con ese uniforme llamas mucho la atención. Lo mejor será que te esconda en la oficina hasta que se haga de noche. Espera un poco, que voy a buscar la furgoneta y así lo haremos mejor.

Carmiña subió al coche y se escondió entre las sacas. Irene aparcó frente a la puerta de la oficina de modo que no se viese quién salía por la puerta trasera. Llevó a Carmiña a un cuarto pequeño que servía de depósito y le dio una manta.

—No hay mucho sitio porque todo está lleno con el correo que no se puede repartir. Las líneas con Madrid y con casi toda España están interrumpidas. Pero tú acomódate lo mejor que puedas, túmbate encima de las sacas y duerme, que buena falta te hace. No te muevas de aquí ni te asomes a la ventana. Yo voy a seguir con mi trabajo y vendré a buscarte cuando vea el panorama despejado. Déjame tus papeles por si pudiese hacer algo con los de la organización, y tú duerme tranquila, que yo echo la llave a la puerta y aquí no entra nadie más que yo.

Carmiña hizo lo que Irene le dijo. Colocó varias sacas para que le sirvieran de colchón, y una, menos llena, de almohada. No se dio cuenta de que en ella estaban escritas las letras URSS. Cerró los ojos y antes de quedarse dormida pensó que había mucha gente buena por el mundo.

Como estaba agotada por varias noches sin dormir, no se despertó hasta que Irene le tocó en un hombro:

—¡Eh, chica! Es hora de marcharse.

Carmiña se sorprendió al ver que era de noche.

—¡He dormido más de doce horas!

Irene se echó a reír.

—Eso quiere decir que eres joven y estás sana. Sólo los niños duermen así. ¿Descansaste bien en el colchón de cartas? Debes de tener el cuerpo molido.

Carmiña se desperezó estirando los brazos.

—No. Estoy bien. Sólo tuve una pesadilla...

Irene le dio ropas de calle. Un vestido y un abrigo casi nuevo, aunque un poco pasado de moda.

—Ponte esto y vámonos.

Carmiña repitió la operación de esconderse entre las sacas de la furgoneta y, ya fuera de la zona de la frontera, Irene paró el coche para que pudiese sentarse a su lado. Entonces le explicó:

—Tengo buenas noticias. Dentro de unas horas sale de Perpiñán un barco rumbo a Marsella y desde allí para la Argentina. Mis amigos te han conseguido un pasaje. Está en este sobre, y también un poco de dinero para que puedas arreglarte durante el viaje, que es largo. Cuando llegues allá, te estarán esperando y te buscarán un trabajo. Quizá al comienzo sea algo duro, no siempre se puede escoger, pero ten la seguridad de que será un modo digno de ganarte la vida. Cuando ya estés instalada podrás mandar a buscar a tus niñas. Y no estés preocupada: son gente seria, que sabe lo que hace y que está acostumbrada a resolver estos asuntos.

Carmiña le dio las gracias por todo lo que estaba haciendo por ella, pero movió la cabeza con abatimiento:

—No sé por qué, pero tengo el presentimiento de que no voy a ver a las niñas nunca más.

Irene puso su mano sobre las de Carmiña.

—No pienses eso. No te dejes abatir. Tienes que luchar por ellas.

Carmiña suspiró y asintió:

—Yo soy una luchadora. Más que mi marido, incluso. Pero no tengo mucha suerte, Irene... Mientras dormía tuve una pesadilla que me parece un agüero: vi una paloma que quería llegar hasta mí... Era una paloma mensajera que traía una carta de mis niñas. Venía volando tan confiada y tan alegre... Pero hombres con uniforme le salieron al paso y dispararon contra ella. La paloma herida aún intentó seguir, pero al fin cayó al suelo y la carta salió volando por el aire... Yo corría tras ella, pero el viento la empujaba y yo no llegaba a alcanzarla... Había alambradas y fosos y trincheras y soldados que disparaban. Yo seguía corriendo, pero, cada vez que me acercaba y estaba a punto de cogerla, el viento la llevaba para otro lado...

—Ahora no tienes que pensar eso —dijo Irene—. Ya verás cómo todo se va encajando.

Se quedaron en silencio, cada una sumida en sus pensamientos, hasta llegar al puerto en donde estaba el barco. Allí Irene le dio a Carmiña las últimas instrucciones. Después se abrazaron.

—Que tengas tanta suerte como mereces —dijo Carmiña.

—Que puedas reunirte pronto con tus hijas —dijo Irene.

Se despidieron sin saber que aquella noche Carmiña había dormido con la cabeza apoyada en la carta que le habían escrito Harmonía y Rosa.

4

Después de tres años de lucha, los llamados nacionales ganaron la guerra y poco a poco la vida en España empezó a normalizarse. Por fin, un día, las cartas que esperaban en la frontera pudieron entrar en el país, aunque eso no quería decir que circulasen libremente ya que, para llegar a su destinatario, debían pasar una censura.

Las cartas que venían de países que habían ayudado a los vencidos eran consideradas sospechosas por los vencedores, porque suponían que podían ser de espías o de agentes dedicados a organizar o apoyar la resistencia, la oposición al gobierno.

Incluso la carta de aspecto más inocente, como la de Harmonía, que se notaba que estaba escrita por una niña, inspiraba desconfianza, porque se pensaba que podía estar en clave y fingir una caligrafía infantil para despistar a los censores. Hay que tener en cuenta que Rusia era el enemigo, y todo cuanto viniese de allí era, por tanto, peligroso.

A eso hay que añadir que la Segunda Guerra Mundial estaba extendiéndose por el mundo y seguía viviéndose un clima bélico, de represión y de temor.

La carta de Harmonía fue a dar a un censor que no tenía vocación de censor sino de cartero, que había sido su profesión hasta que lo atropelló un coche y lo dejó casi inválido. Desde niño le gustaba andar por la calle y hablar con la gente. Le costaba un gran esfuerzo aguantar sentado en la escuela y se ofrecía siempre para hacer recados, no sólo a la maestra y a su familia, sino a todos los vecinos.

—¡Boni! —le gritaba una mujer desde una ventana—. ¿Quieres acercarte a la panadería y decir que me guarden una bolla y dos barras?...

—¡Boni! —le decía el fontanero—, anda, ve a la ferretería y tráeme unas zapatas y unas arandelas del cuatro, que yo estoy aquí muy liado...

Y Bono andaba siempre de aquí para allá, llevando y trayendo encargos. Así que se sintió muy feliz cuando se hizo cartero y se dedicó a repartir las cartas.

Años después lo atropelló un coche y, como no fue en acto de servicio sino cuando paseaba tranquilamente, tuvo que dejar aquel trabajo y se vio obligado a hacer otro que no le gustaba nada, pero que aceptó porque tenía una familia que mantener. Lo pusieron a revisar el correo sospechoso, para informar de los casos que debían ser objeto de una investigación posterior.

Cuando llegó a sus manos la carta de Harmonía, le dio unas vueltas al sobre y dijo:

—Ésta es de una de las niñas que mandaron a Rusia durante la guerra.

Un colega, que trabajaba con él al otro lado de la mesa y que disfrutaba con aquella tarea, le replicó:

—No te fíes, Bonifacio. Esos comunistas utilizan niños para ponerse en contacto con los suyos; no respetan nada.

Boni pensó que el otro se equivocaba. Él tenía una larga experiencia de cartero y una intuición absolutamente fuera de lo común, que le permitía adivinar cuándo una carta traía buenas o malas noticias. Era algo especial, un don que, a lo largo de su carrera de cartero, había podido comprobar muchas veces.

Como le gustaba hablar con los vecinos y porteros, solía enterarse del contenido de las cartas, y la verdad era que sus presentimientos casi nunca fallaban. Había cartas indiferentes, tibias, que no le llamaban la atención, pero cuando una carta contenía grandes alegrías o grandes penas él lo adivinaba. No sabía explicar en qué se basaba para acertar, pero había algo en los trazos de las letras, en la disposición de las frases en el sobre, incluso en la manera de pegar el sello, que a él le sonaba a desgracia o a alegría. Y le daba el corazón que la carta de Harmonía ciertamente era de una niña; de una niña que no era feliz.

Más por curiosidad que por desconfianza, la acercó al aparato de vapor con el que despegaban los sobres y la abrió con cuidado.

Boni era muy cuidadoso con las cartas, no tanto para disimular el paso por la censura como por respeto a aquella intimidad que venía encerrada en el sobre y que a veces sentía palpitar entre sus manos al desplegar el papel.

Leyó las escasas líneas que Harmonía había escrito y vio la gallina roja de Rosa con los pollitos alrededor, y sintió una aguda nostalgia de sus tiempos de cartero. Cartas como aquélla eran las que a él le gustaba llevar. Cartas llenas de amor, de cariño, que unían a los que estaban separados, que tendían un puente por encima de los montes y de los mares, por encima de las ausencias; cartas que, aunque lo hiciesen a uno llorar, en el fondo daban alegría.

Dijo en voz alta:

—¡Pobres niñas!

Y más bajo para que no lo oyese el colega con vocación de censor, añadió:

—¡Y pobres padres!

Le puso un sello a la carta para que en la oficina del pueblo viesen que ya había pasado la inspección de la censura, la echó al buzón que tenía a su lado y, dándole una palmadita como si fuese una paloma mensajera, dijo para sus adentros:

—¡Hala! ¡Ojalá encuentres a los padres de las niñas, para que puedan ir pronto a buscarlas!

Y así la carta siguió su camino hacia el pueblo de Harmonía y Rosa.

5

En el pueblo de Harmonía y Rosa, el jefe de Correos y el cartero eran nuevos en el cargo, porque los anteriores eran republicanos y, al acabar la guerra, los vencedores los despidieron, en parte por venganza, pero en parte porque no se fiaban de ellos. Querían tener personal de confianza en los puestos que consideraban de importancia, y controlando Correos se podían saber muchas cosas de la vida de la gente.

Cuando llegó la carta de Harmonía, el nuevo jefe de Correos, que conocía a las niñas desde que habían nacido, le dijo al cartero nuevo, que también las conocía, porque el pueblo era lo bastante pequeño como para que todos se conociesen:

—¡Mira tú adónde fueron a parar estas pobres criaturas!

El cartero, que no tenía hijos pese a llevar quince años de casado y de ir ofrecido junto con su mujer a la romería de Santa Ana desde hacía diez, contestó:

—Hay padres que no merecen los hijos que tienen. Dios da pan a quien no tiene dientes.

El jefe de Correos, que era viudo y tenía dos niños pequeños, comentó:

—No deben de saber que murió su padre, porque la carta viene a su nombre.

Después miró el matasellos con una lupa y añadió:

—O igual la escribieron antes de que muriese, porque aquí parece que pone mil novecientos treinta y ocho.

El cartero sacudió la cabeza reprobatoriamente.

—Dos años por ahí perdidas, entre comunistas ¡Cuando yo lo digo!

El jefe se quedó pensativo.

—¿Qué vamos a hacer con la carta? El padre, muerto, y la madre ¡cualquiera sabe por dónde anda!

El cartero se rascó la cabeza, señal de que estaba meditando.

—Y digo yo, ¿no será esta carta de la madre, para dar noticias de sí a los parientes?

El jefe volvió a mirar el sobre y le señaló el sello de la censura.

—Ya la han revisado en Madrid. Si hubiese algo sospechoso nos mandarían un aviso.

El cartero hizo un gesto despectivo.

—¡Qué saben los de Madrid de las cosas de los pueblos! La Carmiña es más lista que las liebres. Incluso puede haber aquí un recado para alguno de los huidos, y en Madrid ni lo huelen porque no saben nada de nuestras cosas.

—En eso tienes razón. La Carmiña corta un pelo en el aire.

—¡Y guapa que es! —dijo el cartero con cierta retranca, porque sabía que el jefe la había pretendido en tiempos pasados y ella había preferido al padre de las niñas—. ¡Lástima que siempre tuviera esas ideas tan retorcidas!

El jefe asintió.

—Para mayor seguridad le vamos a echar una ojeada. Trae el cazo.

El cazo era la versión casera del aparato usado por el censor Bonifacio. Un hornillo hacía hervir el agua de un recipiente. Poniendo el sobre al vapor, se podía despegar la goma y sacar la carta. Se aplicaron a la labor y poco después el jefe de Correos tenía en las manos la hoja de cuaderno con las líneas de Harmonía y el dibujo de Rosa.

Al acabar de leerla movió la cabeza pesaroso y la metió de nuevo en el sobre.

—Para Sherlock Holmes no tenías precio. Es una carta completamente inocente, de unas pobres niñas que echan de menos a sus padres.

El cartero, picado por la crítica y por no poder leerla, quiso arreglar el error:

—Lo dicho: Dios da pan a quien no tiene dientes.

El jefe, que también estaba fastidiado por haberse fiado de la opinión de su subordinado, saltó:

—Dios le da pan a todo el mundo; a ver si hablamos con más respeto.

Iba a añadir: «Y tú aplícate más por las noches, en vez de ir tanto al bar». Pero se reprimió porque pensó que no le convenía estar a mal con la gente del servicio, aunque fuese un subalterno; nadie estaba libre de una denuncia. Así que pegó él mismo con cuidado el sobre, porque no le daba la gana de que el otro leyese la carta, y sólo le dijo:

—Ve a la casa de la hermana de Carmiña y con discreción diles que hay aquí una carta para su cuñado, y que es de las niñas. Pregúntales si se quieren hacer cargo de ella o si la devolvemos al remitente. No hagas comentarios con nadie. Son buena gente y no tienen culpa de que les saliese una oveja negra en la familia... Carmiña debe de andar por Francia o por Buenos Aires, y quizá le puedan mandar la carta...

El jefe de Correos suspiró y añadió:

—Lo hago por las niñas, bien lo sabe Dios, que lo que es por aquella mala pécora no movería un dedo.

El cartero pensó: «Por las niñas y para saber por dónde anda la madre». Pero sólo dijo:

—No pases cuidado, que yo se lo diré de modo que nadie más se entere de este asunto.

Ésa era su intención, pero, como le gustaba darse importancia, todos los vecinos se dieron cuenta de que andaba secreteando con Nieves y con su marido, que eran los tíos de Harmonía y Rosa. Nieves al comienzo se alegró mucho. «¡Carta de las niñas!», dijo. No había tenido hijos, igual que el cartero, y estaba encariñada con sus sobrinas aunque no se llevaba bien con la madre. Pero el marido, más cauto, dijo enseguida:

—Nosotros no sabemos por dónde anda Carmiña, ni tenemos nada que ver con ella desde que se juntó con esa gente. Así que no podemos hacernos cargo de la carta.

La mujer se quedó un momento suspensa, pero aún dijo:

—Las niñas, pobrecitas, no tienen culpa de nada. Y se ve que no saben que murió su padre. Alguien se lo tendrá que decir y ocuparse de ellas. Mi hermana sabe Dios por dónde anda o si está viva.

El cartero dijo entonces lo de que Dios da pan, etc., etc., y Nieves le dio la razón y dijo qué lástima de niñas, tan cariñosas y tan listas que eran, pero el marido cortó las confidencias.

—Tu hermana prefirió llevarlas a un hospicio que dejarlas con nosotros, así que ahora tampoco querrá que nos ocupemos de ellas. Y además no sabemos nada de Carmiña, ni lo queremos saber.

El cartero se dio cuenta de que el marido tenía miedo y no quería complicaciones y, como le gustaba quedar bien y presumir, dijo:

—Esto no sale de entre nosotros. Si acaso hay manera de hacer llegar la carta a Carmiña, si anda, digo yo, por Francia o por la Argentina, quizá haya allí algún pariente o conocido que pueda saber de ella... Yo lo digo por las niñas, pobrecitas, para no devolverles la carta después de tanto tiempo.

El marido pensó que aquello era una trampa para averiguar si ellos tenían relación con republicanos y comunistas y, cogiendo a la mujer del brazo, zanjó la cuestión:

—Ni sabemos nada, ni queremos saber. Si Carmiña murió, ya nos lo dirán, y entonces ya veremos nosotros de hacernos cargo de las niñas, pero mientras no hay nada que hacer.

Se fue el cartero y Nieves le dijo a su marido:

—Debimos pedirle la carta. Así sabríamos de las niñas, cómo están y qué hacen. Y les podríamos escribir.

El marido le replicó:

—Tú eres boba. Toda la inteligencia parece que se la llevó tu hermana, que es demasiado lista. ¿Quién te dice que esto no es una trampa? Igual las niñas escriben al dictado lo que otro les manda, ¿comprendes?, y éstos quieren saber si nosotros estamos en el ajo del asunto. ¿Por qué no trajo la carta? Porque quieren que nosotros nos hagamos responsables, ¿no te das cuenta? Coges la carta y acabas en el cuartel de la Guardia Civil molido a palos. Nosotros no sabemos nada, así que de nada les podemos informar, y ellos pensarán que estamos ocultando cosas.

Nieves dijo:

—Todo el mundo sabe que nosotros no pensamos como Carmiña y su marido.

—¡Cuando yo digo que eres boba! Lo que todo el mundo sabe es que tu hermana y tu cuñado estaban con los rojos y que ella sigue con los comunistas.

Nieves pensó que lo que le pasaba a su marido era que tenía miedo y que las niñas no eran de su familia. Si fuesen de su sangre no reaccionaría así. Pero sólo dijo:

—Muy bien, asunto concluido. Ya se hizo lo que tú querías.

El marido, aún intranquilo, insistió:

—Tú fíate de mí, que de estas cosas de política entiendo más que tú.

Nieves dijo que sí, pero siguió dándole vueltas al tema en su cabeza. Podía ser que Carmiña estuviese viva y exiliada, pero también podía ser que hubiese muerto, como tantos otros, sin que se supiese nada de ella. Y, en ese caso, las niñas estaban allá, tan lejos, solas, sin noticias de la familia e incluso sin saber que eran huérfanas. Si Carmiña se daba por desaparecida, podían pasar muchos años hasta que se confirmase, y nadie reclamaría a las pequeñas, que crecerían en aquella tierra de infieles, sin Dios y sin religión. Pasarían los años y si alguna vez volvían a verse serían como su madre: pensarían que era una beata y no querrían saber nada de ella. Y ella se pasaría la vida sola, con un hombre que la llamaba boba cada dos por tres...

Por el contrario, si pudiese reclamar a las niñas, ahora que aún eran pequeñas, ella les enseñaría el catecismo y haría de ellas unas mujeres de bien, como debe ser, y no unos marimachos como la madre, que prefería pegar tiros que trabajar de maestra, que ella sería boba, pero no comulgaba con ruedas de molino, y había que ver cómo se ponía Carmiña hablando de los curas y de los ricos, parecía una fiera, y, además, aquello de llevar a las niñas al hospicio no se lo podía perdonar, con lo feliz que ella sería con las sobrinas. Lo mejor que podía pasar, pensó llorando, era que Carmiña muriese, y así ella podría traer a las niñas de Rusia y tenerlas siempre a su lado, y no les hablaría mal de la madre ni nada, que en el fondo ella quería a Carmiña, aunque le pareciese mal lo que hacía. Y para poder reclamarlas, lo primero era saber dónde estaban, pensó, mientras se secaba los ojos y se limpiaba la nariz con un pañuelo. Tenía que escribirles y que ellas le volviesen a coger cariño, que se acordasen de cuando les hacía dulces, y le rizaba el pelo a Harmonía y le ponía a Rosa lacitos en los tirabuzones...

Nieves oyó la campana de la parroquia, cogió el velo y el devocionario y dijo:

—Voy al trisagio.

Pero no se metió en la iglesia. Siguió un poco más adelante, miró alrededor y, al comprobar que no se veía a nadie, entró en la oficina de Correos.

6

Nada más ver a Nieves, el jefe de Correos la hizo pasar a su despacho y le ofreció una silla y una taza de café que el cartero traía del bar de enfrente. Era un hombre cortés, pero lo hacía también para que Nieves pensase: «¡Ay, si mi hermana se hubiese casado con este hombre y no con el visionario de mi cuñado! ¡Mucho mejor nos iría a todos ahora!». Y justamente eso era lo que Nieves estaba pensando mientras se sentaba, observaba el despacho tan bien puesto que tenía el jefe de Correos, y le decía:

—No, muchas gracias, Alfredo; si tomo ahora un café no duermo en toda la noche.

El jefe de Correos le pidió permiso para fumar, Nieves se lo dio y, mientras él encendía un puro, ella pensaba que había que ver lo bien situado que estaba ahora, e incluso más guapo que cuando pretendía a su hermana, más hombre, aunque un poco gordo, estaba echando panza, pero el bigote le quedaba bien... Claro que a guapo no se podía comparar con Miguel, se comprendía que Carmiña lo prefiriese, una figura y unos ojos que tenía, además de aquella labia... Pero ahora muerto, qué pena de hombre y qué desgracia de guerras que acababan con todo... La mujer del jefe de Correos muerta también, aquello había sido mala suerte, la había cogido el levantamiento en Madrid, visitando a unos parientes, y había muerto en un bombardeo... Así que ahora tanto Carmiña como Alfredo estaban los dos viudos, lo que son las cosas, como quien dice solteros otra vez... Pero como si nada, porque de Carmiña no se sabía ni dónde andaba, y si se le ocurría volver la meterían en la cárcel o incluso puede que la fusilasen... Mejor que muriese en la guerra y no pasar esa vergüenza...

Nieves se sentó en el extremo del asiento, sin apoyar la espalda en el respaldo y con las piernas muy juntas, apretando contra su pecho el devocionario y el velo. Se sentía muy inquieta por estar haciendo algo en contra de la voluntad de su marido, pero dispuesta a seguir adelante, de modo que le dijo al jefe de Correos:

—Alfredo, te pido por favor que no sepa mi marido que he estado aquí. Pero esas niñas son de mi sangre y yo no puedo dejarlas hechas unas paganas en esa tierra de infieles, como si no tuviesen familia.

El jefe de Correos se apresuró a tranquilizarla; él era una tumba y garantizaba también la discreción del cartero. Y, por supuesto, comprendía su postura. Era más, no le parecía bien tanta desconfianza por parte de su marido; el que es inocente no tiene por qué tener miedo, le dijo.

Nieves asintió con un gesto, pero añadió muy suave:

—Lo que pasa es que se ven tantas cosas...

El jefe de Correos pensó que no le convenía seguir la conversación por aquel lado. Quería darle una impresión de confianza y no de severidad. Desde que había aparecido aquella carta, la imagen de Carmiña no se le iba de la cabeza. Pensaba que antes o después daría señales de vida, y quería que, cuando Nieves le hablase de él, lo hiciese como de un amigo y de una persona en quien se puede confiar. Era posible que Carmiña no volviese nunca al pueblo, pero quién sabe, doce años de matrimonio y tres de guerra enseñan mucho y le hacen a uno sentar la cabeza. Ahora ya no se dejaría deslumbrar por discursos en los que se prometía la igualdad y el bienestar para todos, incluso para los vagos que no hacían más que darle a la lengua. No volvería, pero, si volvía, quería que lo viese como un amigo leal, dispuesto a borrar el pasado y a prestarle ayuda. Él, olvidarla, lo que se dice olvidarla, no la había olvidado nunca, así que sacó la carta del cajón de la mesa y se la dio a Nieves, diciéndole:

—Puedes estar tranquila, que aquí tienes a un amigo. Ésta es la carta. Por el remite puedes ver dónde están las niñas. Y si más adelante tienes noticias de Carmiña, que es posible que ande por Francia o por América, porque muchos se fueron para allá, se la puedes mandar.

Nieves dejó la carta en su regazo y se puso a llorar y a acariciarla como si fuese una paloma:

—Pobrecitas mías, quién sabe cómo estarán...

El jefe de Correos la consoló:

—No llores, mujer, que seguro que están bien y contentas. La gente joven ya sabes cómo es, les gustan las novedades.

—¡Pero cómo van a estar bien entre comunistas y tan lejos de casa! Igual piden algo, alguna cosa que necesitan... Me dan ganas de abrirla y ver lo que dicen...

El jefe de Correos dijo muy digno:

—El secreto de la correspondencia es sagrado y debe ser inviolable. La carta es para tu hermana y en mi opinión no debes abrirla.

—¿Y si necesitan algo urgente?

—Esta carta lleva dos años por el mundo, Nieves. Si necesitaban algo material, ya lo tendrán resuelto... Lo que no les gustaría a tus sobrinas es que otra persona, aunque sea su tía, lea lo que escribieron a sus padres.

El jefe de Correos no era un cínico; sólo se engañaba un poco a sí mismo, como hace casi todo el mundo. Aunque en el fondo se sentía algo avergonzado de estar abriendo las cartas de sus vecinos, se justificaba pensando que lo hacía por el bien de la patria. Su empeño en que Nieves no leyese la carta de Harmonía se debía a que recordaba lo que su sobrina decía de ella, y temía que Nieves, a la vista de lo poco predispuestas que estaban las niñas a su favor, desistiese del intento de ponerse en contacto con ellas y, llegado el caso, traérselas al pueblo. El jefe de Correos pensaba que, si las niñas volvían, había más posibilidades de que volviese también la madre.

Nieves dijo:

—¡Dos años! Ahora Harmonía estará a punto de cumplir los quince, ¡ya casi una mujer! Y Rosa casi ocho, y seguro que no han hecho la primera comunión...

Y de pronto añadió:

—Mira, no me voy a llevar la carta. Si mi marido me la ve, podemos tener un disgusto serio, y total para nada. Igual mi hermana está ya en Rusia con las niñas y no hay nada que hacer.

El jefe de Correos pensó que la mayoría de las mujeres eran como veletas, tan pronto decían una cosa como la contraria, pero sólo contestó:

—Como tú veas. Si quieres apuntar el remite para escribirles... Yo me puedo enterar de qué franqueo le tienes que poner.

—Eso sí —dijo Nieves—. Dame un trocito de papel y un lápiz. Como Harmonía ya es mayorcita, le puedo advertir que me escriba sin decir que tuvo carta mía. Por mi marido, ¿sabes?... Y otra cosa: ¿no tendremos problemas por escribir yo a Rusia? Como todo el mundo sabe que mi hermana y mi cuñado estuvieron con los comunistas...

El jefe de Correos empezaba a impacientarse. ¡Qué diferentes las dos hermanas! Carmiña tan decidida, tan emprendedora y tan guapa; y ésta tan apocada, tan indecisa y, para remate, más bien fea.

—Lo mejor, Nieves, será que yo devuelva la carta. Tú te quedas con la dirección de las niñas y piensas con calma lo que quieres hacer.

Nieves se levantó, guardando el trozo de papel dentro del devocionario.

—Lo pongo aquí como si fuese una estampa y así no me lo ve mi marido. Y me voy corriendo, que deben de estar saliendo del trisagio de San Antonio. Muchas gracias por todo, Alfredo.

El jefe la acompañó a la puerta y se volvió pensativo a su despacho. Se abanicó con la carta mientras pensaba: «De momento, ésta se queda aquí...» Si más adelante se sabía por dónde andaba Carmiña —y si se sabía en el pueblo, enseguida le había de llegar a él la noticia— le haría llegar la carta con una nota suya, diciendo, por ejemplo: «Creo que te gustará conservar este recuerdo de tus hijas», algo así, ya lo pensaría con tiempo, para que ella viese que no le guardaba rencor por haber preferido a otro. ¡Y quién sabe! Mucha gente estaba volviendo, incluso los que sabían que les esperaba la cárcel; preferían pasar una pequeña condena que andar vagando por esos mundos de Dios. Y siendo mujer era aún más sencillo. Las penas de muerte eran sólo para los hombres, igual que las con-

78

denas largas. Para las mujeres era más bien como un escarmiento. Y en el caso de Carmiña, ya movería él sus influencias. Ella tendría que estarle agradecida...

El jefe de Correos metió la carta en un cajón de su mesa y lo cerró con llave. Suspiró. ¡Lástima que hubiera aparecido aquel Miguel de tanta labia y tan buen mozo!... Carmiña a él lo miraba con simpatía. ¡Lástima que las cosas se hubiesen torcido tanto después!... Porque la verdad era que a él, gustarle como le había gustado Carmiña, no volvió a gustarle ninguna mujer.

7

Los años fueron pasando y las vidas de los personajes de esta historia fueron tomando cada una un rumbo propio, marcado tanto por los acontecimientos externos como por las decisiones personales.

De nuevo la guerra, ahora mundial, abrió un foso insalvable entre las naciones, llenó de muertos la tierra y condenó a la soledad a muchos de los que sobrevivieron.

La primera que sufrió las consecuencias de la Segunda Guerra Mundial fue Carmiña. Aunque la Argentina no participó directamente en la contienda, la situación económica no era buena. Al llegar allí se encontró con que las posibilidades de trabajo eran muy limitadas. El país estaba lleno de médicos, abogados, arquitectos y profesores de universidad de las más diversas materias, dispuestos a trabajar en lo que fuese para sobrevivir.

Carmiña estuvo como criada en varias casas y probó también a trabajar de limpiadora en unas oficinas, aunque eso suponía ahorrar menos dinero al tener que pagarse alojamiento y comida. En todas partes encontraba los mismos problemas, que dimanaban de ser una mujer sola y de vivir en una gran ciudad. Carmiña se hartó de repartir bofetadas a los que pensaban que las nalgas femeninas estaban hechas para recibir pellizcos o palmadas del primero a quien le apeteciese. Lo malo del asunto estaba en que, si el que recibía la bofetada era el dueño de la casa o un superior en el trabajo, que solía ser el caso más frecuente, Carmiña acababa en la calle.

Intentó colocarse como enfermera o señora de compañía de alguna persona mayor, pero los viejos necesitados de ayuda o no tenían dinero para pagarle o debían de estar muy solicitados, porque Carmiña no encontró a nadie.

Con el tiempo se acostumbró a reprimir el primer impulso de abofetear a quienes se propasaban con ella y se limitaba a poner mala cara, pero eso también resultó inútil. Siempre volvían a las andadas e incluso se envalentonaban, con lo cual ella acababa por soltarles un buen bofetón y ellos por despedirla.

Así pasó dos años, con grandes dificultades económicas, porque estaba más tiempo parada que trabajando. Vivía con una extremada modestia, incluso con escasez, pero aun con eso a veces no tenía dinero ni para comer.

De sus hijas recibía vagas noticias a través de la Cruz Roja Internacional. Le decían que estaban bien, pero no consiguió entrar en contacto directo con ellas, ni siquiera por carta, porque, al entrar Rusia en guerra, todos los niños fueron trasladados al norte del país, lejos de los frentes de lucha. Y, además, tampoco ella tenía un domicilio fijo para ser localizada.

En aquella situación no podía pensar en reclamarlas y, como no era amiga de mentiras piadosas, les envió a través de la Cruz Roja una carta, diciéndoles la verdad: que su padre había muerto en la guerra y que ella estaba intentando encontrar un trabajo que le permitiese mantener una familia. De momento, les decía, estaban mejor en Rusia, donde podían estudiar una carrera y donde no les faltaba de comer. Cuando ella consiguiese un trabajo seguro, ahorraría para ir a verlas o reclamarlas a su lado.

Las cosas siguieron igual durante cierto tiempo hasta que un pequeño suceso provocó un gran cambio en la vida de Carmiña. Un día estaba limpiando el despacho principal de las oficinas de una empresa americana para la que entonces trabajaba. Al vaciar una papelera le llamó la atención el modo en que había caído un sobre. Había algo dentro de él. Lo recogió y vio que tenía la solapa remetida, no pegada. Lo abrió para ver qué contenía y se quedó asombrada. ¡Estaba lleno de billetes! Era dinero americano, dólares, y al mirarlos más despacio las piernas empezaron a temblarle porque todos eran billetes de cien y debía de haber unos veinte.

Su primera intención fue llamar al jefe de personal e informarlo del hallazgo, pero enseguida pensó que era sábado por la tarde y, en tal día y a tal hora, allí no estaban más que las pobres desgraciadas como ella, que tenían que trabajar mientras otros descansaban.

Cerró el sobre tal como lo había encontrado y se sentó a reflexionar en la butaca de la mesa de despacho. Había dos posibilidades, pensó: o el sobre había resbalado desde el tablero de la mesa al mover algún papel; o el tipo que se sentaba allí lo había echado por equivocación a la papelera. Pero, ¿cómo se podía hacer algo así? ¿Cuánto dinero manejaba aquel hombre para no darse cuenta de que le faltaban dos mil dólares? Si los había perdido el viernes, que era el último día de trabajo para los jefes, había tenido un montón de horas para darse cuenta de la pérdida y volver a la oficina. Si no había vuelto era porque no los había echado en falta.

Con aquel dinero, pensó Carmiña, cualquiera podría vivir un año entero... y ella podría ir a Rusia a ver a sus niñas, e incluso quedarse a vivir allí con ellas.

—Pero no es mío —suspiró Carmiña, balanceándose en la butaca, que era muy cómoda y giraba para todos los lados.

¿Cómo sería el tipo que se sentaba allí y tiraba un montón de dinero a la papelera?

—Por lo menos te he de ver la cara, míster, y tendrás que darme las gracias —dijo Carmiña, guardando el sobre en su pecho y poniéndose a limpiar de nuevo—. El lunes por la mañana me planto aquí a devolverte este dinero que tan poca falta te hace.

Ésa era su intención, pero a lo largo del fin de semana sentimientos e ideas contradictorias le pasaban por el corazón y la cabeza. ¿Y si no decía nada y se guardaba aquellos cuartos que tanto necesitaba y con los que podía hacer tantas cosas buenas? Ver a sus niñas, reunir una familia desperdigada por el mundo; a ella le hacían mucha falta y quizá el que los perdió no les daba importancia. También podría tomarlos como si fuesen un préstamo y más adelante, cuando tuviese dinero, devolverlos... Por otra parte, cabía la posibilidad de que el tipo se diese cuenta de la pérdida, sospechase dónde había caído el sobre y mandase interrogar a la gente de la limpieza. Si el dinero no aparecía, llamarían a la policía para que indagase entre las limpiadoras de la planta. Era fácil averiguar qué despachos correspondían a cada una. Y cuando lo descubriesen la meterían en la cárcel o la devolverían a España, que sería aún peor.

A pesar de aquellos razonamientos, algo le escarabajeaba por dentro y le decía que el tipo que había

83

perdido el sobre no sabía dónde había sido y que ella podría guardárselo sin que nadie lo supiese nunca.

Al final se impuso su sentido de la honradez y el lunes por la mañana se presentó en las oficinas con la intención de ver al ocupante de aquel despacho. Antes de llegar a él había que pasar por el control de una secretaria muy elegante y muy estirada que observó a Carmiña con ojo crítico: «¿Ver a míster Butwin? ¿Tiene usted una entrevista concertada?...» Naturalmente Carmiña no la tenía, y míster Butwin era un hombre muy ocupado, muy importante se sobreentendía, con su agenda llena de compromisos para todo el mes siguiente, dijo la secretaria, con una sonrisa en la que se adivinaba la poca consideración que le merecía Carmiña.

Carmiña miró de frente a aquella mujer tan satisfecha de su papel de intermediaria y le dijo:

—Hágame el favor de comunicarle a su jefe que tengo algo importante que decirle. Importante para él, no para mí. Y si no quiere recibirme, me voy, porque yo tampoco tengo tiempo que perder.

Para sus adentros pensó: «Como no me reciba, que le diga adiós al sobre. Estos empresarios son un atajo de ladrones, y quien roba a un ladrón tiene cien años de perdón».

Algo debió de observar la secretaria en el tono y en el aire de Carmiña que la decidió a tomar en serio su petición.

—Hablaré con míster Butwin, pero no le puedo asegurar de ningún modo que pueda recibirla. ¿A quién tengo que anunciar?

—Mi nombre carece de importancia para lo que tengo que decirle, así que no se moleste en apuntarlo.

La secretaria, completamente desconcertada por la rareza de la situación, entró en el despacho de míster

Butwin. La seguridad de Carmiña y el hecho de ser una mujer muy guapa la llevaban a sospechar que aquello era un asunto privado, una aventura de su jefe que podría convertirse en un escándalo, y por ello no se atrevía a tomar decisiones por su cuenta.

Míster Butwin se sorprendió también.

—¿No ha querido decirle el nombre?... ¿Qué aspecto tiene?

—Mal vestida... quiero decir... con un vestido barato. Y es muy guapa, aunque no muy joven. Se expresa con corrección. Parece una mujer seria. No parece una...

—Ya comprendo... ¿Y tampoco dijo para qué quería verme?

La secretaria leyó lo que llevaba apuntado en el bloc de notas: «Tengo algo importante que decirle. Importante para él, no para mí».

Míster Butwin, igual que la secretaria, pensó que podría tratarse de un asunto privado, aunque no de él, por supuesto, pero sí de alguno de los ejecutivos de la empresa. Queriendo evitar un posible escándalo, dijo como quien no le da importancia:

—Lo más seguro es que se trate de algo que le interesa a ella y no a mí, pero, en fin, que pase. Así saldremos de dudas.

Pasó Carmiña al despacho y tanto ella como míster Butwin se miraron con curiosidad. «Así que éste es el tipo que tira dos mil dólares a la papelera; tiene cara de buena persona, parece un niño grande», pensó Carmiña. «Sí que es guapa», pensó míster Butwin. Pero lo que dijeron fue:

—Tome asiento y dígame el motivo de su visita.

—Gracias, pero no vale la pena que me siente, porque es sólo cosa de un minuto y ya sé que es usted un hombre muy ocupado.

Míster Butwin estaba cada vez más intrigado. Se quedó de pie mirando a aquella morena arrogante que lo miraba como si fuese un párvulo. Carmiña respiró hondo y dijo de una tirada:

—El sábado por la tarde estuve limpiando este despacho. Encontré algo en la papelera que imagino que es suyo. ¿No ha echado nada en falta?

El hombre se dio con la mano en la frente:

—¡Oh! ¡El sobre con el dinero!

Carmiña asintió moviendo la cabeza, y él continuó:

—Estaba seguro de haberlo perdido en el club, adonde fui a fugar al tenis... Por favor, siéntese. No sabe cuánto se lo agradezco. Sobre todo porque estaba pensando mal de una persona inocente.

Carmiña se sentó muy erguida y, desabotonando un poco la blusa, sacó el sobre que llevaba guardado en el pecho y se lo alargó al hombre, que, ante el gesto y al sentir en sus manos aquel calor del cuerpo de la mujer, se removió nervioso en su asiento.

—Cuéntelo, a ver si falta algo —dijo muy digna Carmiña—. Ahí está todo lo que yo encontré.

El hombre se apresuró a decir que no era necesario, y que le estaba tan agradecido, que le dijese por favor su nombre, y que, si podía hacer algo por ella, que no dudase en hablar con él.

Carmiña le contestó que no tenía nada que agradecerle, que no había hecho nada más que lo debido. Pero, cuando ya se levantaba para marcharse, se le ocurrió una idea y le dijo:

—Pues mire, sí que puede hacer algo.

—Usted dirá —contestó míster Butwin, un poco decepcionado de que tanta dignidad y honradez acabasen en una petición, pero, como hombre de negocios, dispuesto a recompensar a un empleado que acaba de hacerle un favor.

—Verá usted —dijo Carmiña—, en más de una ocasión me han puesto en la calle por pararle los pies a quien intentó propasarse conmigo. Me gustaría que no me pasase lo mismo en esta empresa.

Míster Butwin se irguió en toda su altura, que no era escasa, y casi cuadrándose militarmente dijo con voz firme:

—Ésta es una empresa seria. Tenga la total seguridad de que, mientras yo esté aquí, el despedido será quien la importune.

Carmiña sonrió con cierta picardía.

—No prometa tanto, que igual no puede cumplirlo. No todos son gentecilla...

—Sea quien sea, saldrá de esta empresa —dijo él, entre divertido y picado.

—No es necesario eso —dijo Carmiña—. Sé defenderme sola. Pero me tranquiliza saber que no me pondrán en la calle.

—Tiene usted mi palabra —dijo míster Butwin. Y mientras Carmiña salía del despacho, se quedó pensando que con una mujer así a cualquiera le apetecería propasarse.

Al día siguiente Carmiña recibió en su pequeño apartamento un gran ramo de rosas con una tarjeta de míster Butwin. Poco después la llamó el jefe de personal a su despacho y le preguntó si creía que podía desempeñar en la empresa otro trabajo que no fuese el de limpiadora. Carmiña lo informó de sus estudios y el jefe le dijo que de momento iba a emplearla como mecanógrafa y que más adelante podría pasar a secretaria. Cuando llevaba dos semanas en su nuevo puesto fue míster Butwin quien la llamó a su despacho. Le preguntó si estaba contenta con el trabajo y si había tenido problemas con sus colegas masculinos. Carmiña contestó sonriendo:

—Nada que no pueda resolver sola.

Entonces míster Butwin le explicó que el dinero que ella le había devuelto lo tenía destinado a unas vacaciones y que quería invitarla a cenar para compartir con ella una pequeña parte.

Después de aquella cena la invitó a otra y a otra y a muchas más. A los seis meses, cuando tenía que regresar a los Estados Unidos, míster Butwin le preguntó a Carmiña si quería casarse con él. Estaba divorciado, no tenía hijos y, aunque no era un hombre rico, tenía un buen trabajo que le permitía vivir bien, mucho mejor de lo que Carmiña había vivido nunca. Además era un hombre práctico, que no se calentaba la cabeza con problemas que no podía resolver. La primera vez que míster Butwin, Dick para los amigos, vio la medalla y la alianza que Carmiña llevaba al cuello, le preguntó si eran de su marido. Ella contestó que sí y que no pensaba quitárselas nunca. Dick dijo:

—Como quieras. Yo sólo tengo celos de los vivos.

Carmiña pensó que mejor que fuese así y que, si hubiese conocido a Miguel, seguro que habría tenido celos. Pero sonrió y dijo:

—Una de las cosas que me gustan de ti es que no te complicas la vida.

Y un día que estaba sola, mientras acariciaba la medalla y el anillo de Miguel, Carmiña dijo en voz baja, como quien da explicaciones:

—Como te quise a ti no volveré a querer a nadie. Pero este hombre es una buena persona, le estoy agradecida, y además no es feo. Y yo estoy cansada de luchar sola: me voy acercando a los cuarenta años, no puedo volver a España, no puedo reclamar a las niñas y este mundo no está hecho para que una mujer ande sola. Espero que lo entiendas y que no te parezca mal. Yo a ti no te olvidaré nunca, Miguel, y seguiré haciendo lo que pueda por las ideas que defendimos juntos. Pero creo que tengo derecho a un poco de tranquilidad. Así que me voy a casar con él.

Carmiña se casó con el americano y esa decisión marcó de un modo definitivo su futuro. Los Estados Unidos entraron en la guerra mundial y Rusia rompió su alianza inicial con Alemania. Teóricamente estaban en el mismo bando, pero, cuando acabó la guerra, el mundo se dividió en dos grandes bloques 'enfrentados, cada uno de ellos capitaneado por Estados Unidos y por Rusia. Carmiña se quedó de un lado, y Harmonía y Rosa del otro.

TERCERA PARTE

1

Mientras, en Rusia la vida seguía sin grandes cambios para los refugiados españoles. Desde Leningrado los trasladaron a Kirov para mantenerlos lejos de los frentes de la Segunda Guerra Mundial.

De vez en cuando se producían intentos de repatriación, que casi nunca se llevaban a cabo, en parte por el escaso entusiasmo que ponía en la tarea el gobierno de España, y en parte por la mala disposición de Rusia a devolverlos a un país con un régimen fascista.

Los chicos ni siquiera se enteraban de estas escaramuzas entre los gobiernos. Ellos se dedicaban a estudiar el idioma del país y a irse preparando para realizar un trabajo o ejercer una profesión. Y también, por su cuenta, a crear lazos y relaciones que supliesen la falta de las familias y les ayudasen a vencer el sentimiento de soledad, de saberse solos en una tierra ajena.

León, gracias a Harmonía y a Rosa, encajó bien en la escuela y, a pesar de ser tímido y de pocas palabras, pronto hizo nuevas amistades. Sin embargo, todos parecían reconocer de un modo implícito que sus preferencias se inclinaban hacia las dos hermanas, aunque no estuviese muy clara la naturaleza de tal inclinación.

Rosa, al poco tiempo de aparecer León por la escuela, le dijo a su hermana:

—Tú vas a ser novia de León, ¿eh, Harmonía?

Harmonía sintió que una ola de calor le subía hasta las orejas, pero procuró disimular:

—León es nuestro amigo.

Rosa no era fácil de convencer cuando una respuesta no la satisfacía.

—¿Es que no te gusta? Di, Harmonía, ¿es que no te gusta León?

Harmonía le dijo que no tenía tiempo para estar hablando de tonterías, pero, como Rosa insistía, acabó por decirle, para quitarse de encima a aquella pesada, que no, que no le gustaba.

Entonces Rosa dijo:

—Pues es muy guapo y a mí me gusta. Así que será mi novio.

—¡Tú eres muy pequeña para pensar en novios! —saltó Harmonía.

—No soy nada pequeña —replicó Rosa.

Se puso a andar en la punta de los pies sin ningún esfuerzo. Harmonía le dio un cachete flojito.

—Anda bien, que vas a romper los zapatos. Y no digas más bobadas.

Rosa se puso a bailar la danza de los árboles en primavera.

—Mira, mira cómo crezco, mira cómo llego al cielo...

Parecía en efecto que el cuerpo se le estiraba, despegándose de la tierra como ramas de un árbol que se irguiesen en el aire. De repente se detuvo.

—¿Cuándo seré bastante mayor para ser novia de León?

—Cuando seas como yo —concluyó Harmonía.

Rosa se puso a su lado, se subió en las puntas de los pies, se estiró todo lo que pudo y dijo muy seria:

—Me falta muy poco.

Harmonía se quedó disgustada por no haberle dicho la verdad a Rosa y, además, porque temía que hiciese con aquella cuestión lo que hacía con las que no entendía: guardarla en la memoria como guardaba en una caja lo que encontraba en la calle y sacarla más tarde en el momento menos oportuno.

Antes de dar el asunto por acabado, Rosa quiso saber la opinión de León, y la mejor manera de salir de dudas fue preguntárselo directamente:

—León, ¿te gusta Harmonía? ¿Quieres ser su novio?

León, cogido de improviso, se quedó sin habla y sólo al cabo de unos instantes y medio tartamudeando acertó a decir:

—Harmonía es muy amiga mía.

Rosa dio una vuelta a su alrededor en la punta de los pies y le dijo:

—Harmonía tampoco quiere; así que cuando yo sea un poco más grande seré tu novia, ¿quieres, León?

León se quedó perplejo y no tanto por la declaración de Rosa como por lo que concernía a Harmonía, hacia quien experimentaba unos sentimientos especiales que suponía que eran correspondidos. Pero lo echó a broma y dijo riendo:

—Me parece muy bien, Rosa. Cuando crezcas ya hablaremos de eso.

A Rosa debió de dejarla satisfecha aquella solución porque, después de informar a María del Mar sobre su futuro noviazgo con León, no volvió a hablar de aquello. Ni siquiera se lo contó a sus nuevos compañeros de clase.

Rosa estaba por fin en el grupo que le correspondía por edad. Tras largas conversaciones y a cambio de que la maestra no la castigase cuando se ponía a representar las cosas por gestos en vez de decir el nombre, Rosa accedió a separarse de Harmonía sin llorar. Desde entonces ya no se pasaba los días mirando hacia arriba a los mayores, sino que podía hablar con quienes eran de su misma estatura. Pero de aquel asunto no les habló, quizá porque los consideraba demasiado pequeños para entenderlo, según puede deducirse de los comentarios que hizo con María del Mar cuando ella le preguntó qué tal se acostumbraba en la nueva clase.

—Me va bien, pero son todos muy pequeños.

—Son de tu edad, Rosa —le hizo notar María del Mar.

—Es que yo soy pequeña por fuera, pero mayor por dentro; casi tan mayor como Harmonía. Y eso que Harmonía también es más grande por dentro que por fuera.

El resultado fue que no volvió a hablar del noviazgo, pero Harmonía y León se daban cuenta de que no lo olvidaba, porque de vez en cuando se ponía de puntillas al lado de uno de ellos y se daba unas vueltas muy salerosas a su alrededor, mirándolos con mucha picardía.

León se reía con Rosa y se sentía halagado de que una niña tan guapa sintiese aquella predilección por él. Rosa crecía sin perder el encanto de la niñez y sin pasar por ese período desgalichado que sufren casi todos los niños al hacerse adolescentes. Sus movimientos eran armoniosos y cualquiera de sus gestos resultaba elegante y lleno de gracia. Tenía una cara bonita y expresiva, con ojos claros y pelo rubio, y eso, unido a un carácter alegre y desenvuelto, hacía de ella una de las niñas más populares del grupo de los españoles. Siempre había un montón de amigos mirándola con admiración. Pero Rosa demostraba a las claras que León era su preferido, aunque en honor a la verdad hay que decir que tenía otros candidatos a novios y que a ninguno le ponía mala cara.

León, por su parte, estaba seguro de que Harmonía y Rosa eran sus mejores amigas, pero se preguntaba si no era más que amistad lo que sentía por ellas. Todos decían que los tres eran como hermanos, y aquél había sido el argumento que tanto la maestra como María del Mar habían expuesto ante las autoridades para mantenerlos juntos cuando se trasladaron a Kirov.

León era hijo único y no sabía cómo se quiere a un hermano. Se ponía pruebas a sí mismo y se preguntaba: «Si el barco se hundiese y si en el bote salvavidas sólo hubiese un sitio, ¿se lo dejarías a Rosa? Si se incendiase la escuela y para salvarla tuvieras que morir tú entre las llamas, ¿lo harías? Si aquellos hombres que en los días de la guerra entraban en la casas matando a la gente pidiesen una víctima voluntaria, ¿te ofrecerías tú a cambio de Rosa?». La respuesta era siempre sí. Él estaba dispuesto a dar su vida por aquella niña que le parecía la más guapa del mundo, por aquella jovencita que daba vueltas a su alrededor en la punta de los pies y que quería ser su novia y le hacía reír como no se había reído desde que era muy pequeño, en aquellos tiempos felices en los que vivían sus padres.

¿Y no sería eso amor? ¿No estaría él enamorado de la pequeña Rosa? Pero cuando pensaba «amor», la figura de Rosa se desvanecía y en su lugar surgía una cara pálida de dulces ojos pardos un poco melancólicos. León sentía que él daría la vida por alegrar aquellos ojos. Pero no quería morir sino vivir con ella, reír con ella, ser feliz con ella...

En las fantasías heroicas de León, Harmonía era un elemento perturbador. A veces se veía a sí mismo atravesando las llamas de un incendio con ella en brazos. O rescatándola de las embravecidas olas del océano.

Pero eso sólo ocurría cuando todos se salvaban, cuando Rosa y los demás estaban ya a salvo. Con gran frecuencia se veía morir abrazado a ella y, curiosamente, aquella visión no le producía apenas desasosiego; al contrario, casi diría que se sentía feliz. Y no se avergonzaba de lo que sentía en su cuerpo cuando pensaba en el cuerpo de Harmonía abrazado al suyo. Desde muy pequeño su madre le había explicado que lo que le sucedía era normal.

Había, sin embargo, una visión que lo llenaba de angustia. Cuando en aquellos sueños heroicos alguien se sacrificaba para que los otros se salvasen, León veía horrorizado cómo Harmonía iba empujando a todos hacia la salvación, quedándose ella atrás. Él se resistía, quería quedarse con ella, pero los otros, animados por Harmonía, lo agarraban bien fuerte y se lo llevaban. Y al final era ella con su dulce sonrisa y sus ojos melancólicos la única que no conseguía salir del barco que se hundía o de la casa que se derrumbaba entre llamaradas.

León volvía a la realidad angustiado e incluso a veces llorando, porque la idea de perder a Harmonía le resultaba insoportable. Recordaba lo que sintió cuando supo que no volvería a ver a su madre, y pensaba que otro dolor así no podría soportarlo. No quería perder a Harmonía; no quería vivir si la perdía. Y se angustiaba porque se sentía a merced de fuerzas que no controlaba, que eran más fuertes que su voluntad.

Se preguntaba León cómo podía ser aquello de sufrir tanto por una persona y, al mismo tiempo, sentir que la felicidad sólo podía venir de ella. A veces se ponía a andar al lado de Harmonía cuando iban de excursión, o se sentaba a su lado debajo de un árbol para protegerse del sol en el verano, o en el invierno dejaba el paraguas en casa para que ella le dijese: «¿Te tapo, León?», y así poder ir con ella, cubiertos los dos y aislados por aquel pequeño toldo negro. Cuando eso ocurría, cuando Harmonía lo miraba a los ojos y sonreía, entonces León sentía que aquello era la felicidad, y querría seguir siempre así, al lado de Harmonía, sin hacer nada y sin que nada los separase nunca. Por eso no le importaba soñar que moría abrazado a ella, porque a veces pensaba que eso sería lo mejor: dejar este mundo e ir al otro, donde no hay guerras, ni fronteras, ni gentes que se matan entre sí y que separan a los que quieren estar juntos. El mundo en el que ya estaban su madre y el padre de Harmonía...

Otras veces, por el contrario, pensaba que si no hubiese sido por la guerra y por el exilio, lo más seguro sería que él y Harmonía no hubiesen llegado a conocerse nunca. Y no podía entender que de algo tan malo como la guerra pudiese salir algo bueno. Ni podía concebir la idea de que Harmonía y él anduviesen por el mundo sin llegar a encontrarse. Se acordaba de algo que su madre decía: «Dios escribe derecho con renglones torcidos», y lamentaba que nadie le hablase de aquel Dios que hacía cosas tan incomprensibles.

Todo le parecía a León muy misterioso y de muy difícil respuesta, y por eso con frecuencia se quedaba abstraído sin darse cuenta de lo que pasaba a su alrededor, hasta que un amigo lo zarandeaba, «¿Estás dormido, León?», o María del Mar o la maestra le hacían volver a la realidad: «¡Eh, León, baja de la luna! ¿Tienes sueño o estás enamorado?». Y León se alegraba de ser tan moreno y de que sólo él notase el calor que le subía por el cuello.

2

El final de la etapa escolar era un momento triste para los chicos porque en él cada uno emprendía un camino diferente, según la carrera o el oficio al que fuese a dedicarse. Aunque procuraban seguir viéndose y visitando a María del Mar, que para muchos era como su madre, la relación era ya distinta, mucho menos estrecha que en el período en el que se veían a diario, en la casa o en el colegio.

La pena de la separación se compensaba con la satisfacción de estudiar o trabajar en aquello para lo que se sentían más dotados. Tests y entrevistas permitían a los profesores y psicólogos orientar el destino de aquellos jóvenes. También se tenía en cuenta el interés del país que los había acogido para encaminarlos a donde más falta hacían, pero en general se puede decir que no se malograban talentos y que se respetaban las inclinaciones. Dadas las circunstancias por las que atravesaba España, era seguro que en Rusia tenían más oportunidades de hacer una carrera y conseguir un puesto de trabajo.

Todas estas consideraciones se las explicó Carmiña a sus hijas en una larga carta, para animarlas a seguir estudiando allí hasta que ella estuviese en situación de llevarlas consigo a los Estados Unidos, cosa que pensaba que sería factible cuando acabase la guerra.

La guerra duró seis años y en ese tiempo pasaron muchas cosas que condicionaron de forma irremisible el destino de los tres amigos. La primera que experimentó esa fuerza de los acontecimientos que marcan una vida para siempre fue Rosa.

Un día, los refugiados españoles fueron invitados a una actuación del Ballet Nacional Ruso, el famoso Bolshoi, que hacía giras por el país para que todos los ciudadanos pudiesen disfrutar de la belleza de aquel espectáculo. Era una de las joyas de la cultura rusa, una compañía excepcional, tanto por la maestría de sus miembros como por la perfección de la puesta en escena y el lujo de la escenografía. El país entero se sentía orgulloso de aquella institución y de que las representaciones fueran asequibles a cualquier persona.

Todos salieron del ballet encantados, comentando lo que habían visto. Todos menos Rosa, que desde que empezó la función cayó en una especie de ensimismamiento, en el que seguía camino ya de casa. Las compañeras, su hermana, León y María del Mar le preguntaron primero si le había gustado y después si se encontraba mal.

Rosa contestaba sólo con monosílabos: sí a la primera cuestión y no a la segunda, con una voz sin inflexiones, seria y triste, sin andar como ella solía hacer cuando estaba contenta, que parecía que no tenía peso. Por el contrario, aquel día arrastraba los pies como si le costase un enorme esfuerzo moverse, y durante la cena continuó callada, sin hablar con nadie.

A la hora de acostarse, María del Mar le puso la mano en la frente porque le pareció que tenía fiebre, y se confirmó al ponerle el termómetro.

—Has debido de coger un poco de frío —dijo María del Mar—. Ahora mismo te vas a meter en la cama y te voy a dar un vaso de leche con una pastilla.

Rosa hizo lo que le mandaban con el mismo aire ausente. Cuando Harmonía se quedó sola con su hermana, le dijo:

—A ti te pasa algo, ¿no me quieres decir qué es?

Rosa se volvió hacia ella y con hondo convencimiento y tristeza le dijo:

—Harmonía, yo quiero ser bailarina.

Harmonía se sentó en la cama de su hermana, como si le faltase fuerza en las piernas para sostenerse y tan abrumada como Rosa, porque, nada más oírla, el problema se le reveló en toda su magnitud.

Harmonía se dio cuenta sin lugar a dudas de que, si alguna persona había nacido para ser bailarina, ésa era su hermana. Pero al mismo tiempo se le presentaron las enormes dificultades que tenía para realizar aquella vocación hasta entonces adormecida y manifiesta de repente con la pujanza de lo que surge de las raíces más profundas de nuestro ser.

Harmonía dijo:

—¿Leíste lo que ponía en el programa?

Rosa asintió con un movimiento desolado de su cabeza. Las dos habían leído lo que explicaban en el programa de la función de ballet sobre la compañía del Bolshoi. Sus miembros empezaban a los seis años una vida dedicada exclusivamente a la danza: ocho horas diarias de clase durante diez años. Ser profesional significaba la renuncia a una vida normal, a tener una familia, unos hijos. Y a eso se añadía que se trataba de una carrera muy costosa para el Estado, que por eso seleccionaba cuidadosamente a los aspirantes.

Rosa tenía ya nueve años, era demasiado mayor para empezar y además no era rusa. En cualquier momento sus familiares podrían reclamarla, o ella sentiría nostalgia de su país y querría volver allí. Las posibilidades de que la admitiesen en esas circunstancias eran nulas. Pero, por otra parte, era evidente que Rosa había nacido para ser bailarina, aunque hasta entonces nadie se hubiera dado cuenta de ello. Harmonía le acarició el pelo y le dijo con la mayor seguridad que fue capaz de aparentar:

—Tú no te desanimes, que ya veremos lo que se puede hacer. Tiene que haber otros ballets, además del Bolshoi.

Lo mismo vinieron a decir María del Mar y la maestra. Todos los que se enteraban de los deseos de Rosa caían de pronto en la cuenta y se preguntaban cómo no se habían percatado antes: estaba claro que aquella niña que parecía no tener peso, que se pasaba la vida bailando danzas de su invención, que prefería representar las cosas en vez de nombrarlas, era una bailarina nata. Todos lamentaban su torpeza por no haberlo visto antes y se consideraban en gran parte responsables de la tristeza de Rosa.

Rosa, aunque hacía esfuerzos para sobreponerse y sonreía diciendo que estaba bien y que no le pasaba nada, languidecía a ojos vistas; todo su cuerpo expresaba el hondo desánimo que padecía y, cuando, apartada de sus amigos, paseaba sola por el jardín de la casa, parecía un pequeño sauce movido por el viento del otoño.

Fue María del Mar quien decidió que había que intentarlo todo antes de resignarse a lo inevitable. Habló en primer lugar con las autoridades locales para ver el modo de que Rosa pudiese recibir clases de danza. Y, además, sin decirlo a nadie para no levantar esperanzas vanas, escribió una carta a la maestra de baile del ballet Bolshoi, explicándole las extraordinarias condiciones de Rosa para la danza.

Sus primeras gestiones tuvieron una respuesta inmediata. El arraigado gusto del pueblo ruso por el canto y el baile popular propiciaba la existencia de compañías locales de carácter folclórico, que incluso en tiempos de guerra seguían funcionando. En una de estas asociaciones acogieron con simpatía a Rosa, que empezó a ir allí todos los días al acabar sus deberes escolares.

Con los bailes rusos Rosa recuperó la alegría de vivir. Se pasaba el día haciendo piruetas, aunque a veces se quedaba pensativa. Harmonía temía que estuviese pensando en las bailarinas del Bolshoi, pero Rosa siempre le hablaba de las ventajas de aquella situación:

—A mí lo que me gusta es bailar y, si aprendo, lo puedo hacer en cualquier parte. No necesito ser una bailarina de una gran compañía. Puedo ser profesora de baile como mi seño, y así no tendremos que separarnos nosotras. Estas escuelas las hay por toda Rusia y a donde tú vayas iré yo.

A Harmonía, sin embargo, le daba pena. Se acordaba de la mujer del mariscal Pardo de Cela, con su inútil indulto en la mano; y de su madre llamándolas en el muelle. También Rosa había llegado tarde. Era demasiada mala suerte. Le parecía injusto que tuviera que convertir la danza en un trabajo, en un medio de vida, cuando parecía claro que podía haber sido una gran artista. Pero por primera vez Rosa consolaba a su hermana, insistiendo en el lado bueno de las cosas:

—León va a tener que marcharse a estudiar fuera. Quedándome yo aquí podremos estar juntas más tiempo.

Harmonía pensó que Rosa estaba creciendo muy de prisa, por dentro y por fuera. Y sintió un estremecimiento al pensar en lo que iba a pasar con León.

En efecto, por aquellos días acababa la etapa escolar y llegaba el momento de elegir una carrera. Los dos tenían que tomar decisiones muy importantes que iban a condicionar su futuro.

Pero el azar juega también a veces un papel importante en la vida de las personas.

3

Cuando ya empezaban a olvidarse del asunto del ballet, María del Mar recibió una carta de la maestra de baile del Bolshoi. En ella le decía que consideraba prácticamente imposible admitir a una niña de aquella edad y con aquellas circunstancias, pero que, en consideración a la labor social que María del Mar estaba desempeñando, estaría dispuesta a recibir personalmente a su protegida para juzgar por sí misma acerca de aquellas facultades extraordinarias de las que le hablaba. Recordaba la necesidad de respetar las normas que regían el ingreso en la institución y lamentaba no poder ofrecer otra cosa que una entrevista privada.

La carta no dejaba mucho margen a la esperanza, pero aun así originó un gran rebumbio en la escuela y en la compañía de baile. Todos estaban emocionados con el viaje de María del Mar y Rosa a Moscú. La seño, como llamaban a la maestra de baile, estuvo ensayando con Rosa las piezas más bonitas, porque seguramente la mandarían bailar, dijo. Incluso algunos días Rosa dejó de ir a la escuela para practicar más y hacer un buen papel.

—Que vean que también fuera de Moscú se sabe bailar —decía la seño.

Rosa estaba nerviosísima y no daba pie con bola. Lo único que seguía haciendo bien era bailar, y se pasaba el día ensayando delante de María del Mar, de Harmonía, de León, de la seño, de las compañeras de clase...

Aunque estaba muy nerviosa y preocupada, al bailar parecía olvidarse de todo. Antes de empezar se concentraba en sí misma, cerraba los ojos y estaba así unos segundos. Mientras bailaba era como si estuviese sola, los nervios desaparecían y se entregaba por completo a la danza. Al acabar tardaba un poco en volver a la realidad. Sólo cuando sonaban los aplausos o los bravos de los amigos, sonreía entre incrédula y satisfecha, y preguntaba:

—¿De verdad lo hago bien?

La seño le dio instrucciones a María del Mar: que dejasen concentrarse a la niña, que tocasen unos compases antes de atacar la pieza de baile... y algunas más que María del Mar con voz tímida, muerta de miedo, pero decidida a hacer lo imposible para ayudar a Rosa, le transmitió a la directora de baile del Bolshoi, una mujer de edad indefinida, alta y delgada, de aspecto altivo y duro y ojos penetrantes. La directora, que antes había sido bailarina famosa y que llevaba ya muchos años desempeñando el cargo de maestra de baile, sonrió como quien oye algo obvio. Después le puso a Rosa una mano en el hombro y con la otra le señaló a María del Mar una puerta, con un ademán que no admitía réplica:

—Rosa y yo vamos a dar una vuelta por el jardín. Usted puede esperarnos viendo los ejercicios de las mayores.

Acompañó a María del Mar a una estancia donde

chicas de catorce o quince años repetían una y otra vez piruetas y pasos de baile al son de la música de un piano. Y sin soltar a Rosa se encaminó con ella hacia un jardín que se veía a través de los altos ventanales.

María del Mar se sentó, porque las piernas le temblaban tanto que temía no poder mantenerse de pie, y pensaba: «No hay nada que hacer con esta mujer tan rígida. ¡Mi pobre niña! No sé cómo es capaz de andar siquiera».

Pero a Rosa no le temblaban las piernas. Desde que había entrado en el enorme edificio de la sede del Bolshoi y empezó a oír por todas partes la música de las clases y los ensayos, estaba como en trance, mirándolo todo con los ojos muy abiertos, empapándose de aquel ambiente. Y de igual manera miraba a la directora, como quien está en presencia de un ser extraordinario. Sentía su mano en el hombro y le pasaba lo mismo que cuando sonaban las notas de un baile: se movía a su compás, se dejaba llevar por aquella suave fuerza que partiendo de su hombro la llevaba a través de los cuidados caminos del jardín. Se sentía a gusto y hablaba con total espontaneidad.

La directora se daba cuenta de la admiración que despertaba en Rosa y también de la ligereza de aquel cuerpo que obedecía a la más leve presión de su mano. Estaba acostumbrada al halago desde sus tiempos de bailarina y, aunque echaba en falta los aplausos del público, el puesto que ahora desempeñaba le permitía seguir manteniendo una gran relevancia social. Pero sabía distinguir la adulación de la admiración sincera.

Para tranquilizar a Rosa le hacía preguntas sobre su vida en Kirov, cómo había descubierto su vocación por la danza y de vez en cuando le señalaba una planta o un árbol raro del jardín. Rosa, más que a las plantas, miraba fascinada la mano que se las mostraba, la elegancia y la belleza de sus movimientos. En un momento dado, en el que la directora extendió el brazo para señalarle las golondrinas que cruzaban, Rosa le dijo con toda inocencia y total convencimiento:

—Usted es bailarina, a que sí.

No era una pregunta, sino la confirmación de algo que le parecía evidente. Y la directora, que tenía muchos años y hacía mucho tiempo que había dejado de bailar, la miró con seriedad y respondió con un poso de amargura:

—Sí, lo soy. Una bailarina sólo deja de serlo cuando muere. Eso es algo que no todo el mundo entiende.

La directora sentía simpatía por aquella niña extranjera y sola, que se movía con la ligereza de un pájaro. Pero no quería que sus sentimientos interfiriesen en sus decisiones; quería ser justa. Recordó los centenares de solicitudes que rechazaba cada curso, y pensó que en todo caso tendría que someterla a las pruebas habituales y que el comité decidiese. Una niña de su edad y sin preparación adecuada era casi seguro que sería suspendida. Suspiró y le mostró las golondrinas que otra vez cruzaban el cielo:

—Míralas. Van para tu tierra.

Rosa la miró asombrada.

—¿Para Galicia? ¿Para España? ¡Son tan pequeñas! ¿Cómo pueden llegar tan lejos?

La directora sonrió.

—Son pequeñas, pero fuertes, como las bailarinas. Todos los años van y vuelven. ¿No quieres decirles adiós?

Y levantando los brazos, la vieja bailarina comenzó a moverlos imitando el aleteo de los pájaros. Aunque sus piernas no le respondiesen como antes, sus brazos seguían despertando admiración a cuantos podían contemplarlos. Se diría que no tenían huesos: largos e ingrávidos se movían con la lenta ondulación de las algas mecidas por las olas, de los mimbres empujados por el viento... Pero de pronto se detuvo y los dejó caer a lo largo del cuerpo. Miraba pasmada a Rosa, que entusiasmada decía: «¡Adiós, golondrinas, adiós!», y repetía los mismos movimientos que la gran bailarina. ¡Aquella niña que nunca había bailado ballet, a quien nadie había enseñado la técnica, movía los brazos como ella!... O, mejor dicho, como ella antes de haber pasado centenares de horas delante del espejo de la clase de danza, perfeccionando un don que la naturaleza le había dado.

Cuando las golondrinas desaparecieron en el horizonte, Rosa se volvió hacia la directora y se sorprendió de su expresión seria.

—Tenemos que volver a las clases.

Rosa se asustó del tono cortante.

—¿Me va a hacer el examen? —se atrevió a preguntar.

La directora hizo un gesto negativo:

—No, no es necesario.

Rosa inclinó la cabeza, abatida, con los ojos llenos de lágrimas.

—Soy ya demasiado mayor...

Sintió otra vez la mano de la directora sobre su hombro y oyó la voz que le decía:

—Para ser bailarina del cuerpo de baile es, en efecto, demasiado tarde... Pero tú puedes ser una estrella. Yo puedo hacer de ti una estrella. Y las estrellas no tienen edad.

4

María del Mar y Rosa volvieron a casa embargadas por sentimientos contradictorios. Por una parte, alegres, porque si entrar en el Bolshoi constituía ya un éxito, hacerlo con la protección de la directora de baile era algo que excedía las esperanzas más optimistas. Pero, por otro lado, las palabras de aquella mujer, que a María del Mar seguía pareciéndole imponente, no dejaban lugar a dudas de que no les proponía un camino cubierto de flores.

Lo primero que les dijo fue que había que empezar cuanto antes, que lo mejor sería que Rosa se quedase ya como interna y que desde Kirov le mandasen sus cosas.

—Hay que recuperar el tiempo perdido —dijo con firmeza.

Y, cortando la intervención de María del Mar, añadió:

—La vida de una bailarina está hecha de sacrificios. Y la de una estrella, más. Yo quiero hacer de ti una estrella porque, si no, tus dotes sólo te servirán de estorbo. Tienes que conseguir que esas facultades se conviertan en arte y eso se consigue con esfuerzo y disciplina; el talento natural no basta.

Rosa no decía nada, pero de sus ojos empezaron a caer lágrimas. Miraba a la directora y decía que sí con la cabeza, pero no era capaz de detener el reguero de lágrimas que le resbalaba mejillas abajo e iba formando en la pechera del vestido una mancha cada vez más grande. La directora seguía hablando como si no las viese:

—Una bailarina ha de ser sensible para poder expresar todos los sentimientos, pero ha de ser dura consigo misma, implacable.

María del Mar pensaba que aquella mujer sería incapaz de expresar el sentimiento de la compasión, porque lo desconocía. Y las palabras con que las despidió corroboraron aquella opinión:

—Reflexiona con calma sobre todo lo que te he dicho. Ve a Kirov y habla allí con tu hermana y con tus amigos. Y, si estás dispuesta a renunciar a vivir con ellos, vuelve. Tienes diez días de plazo máximo. Yo te esperaré hasta el día uno del próximo mes. Si para entonces no estás aquí, las puertas del Bolshoi ya no volverán a abrirse para ti.

Así que a la alegría de los primeros momentos se añadió enseguida la tristeza de abandonar todo lo que había sido su vida en los últimos años y, sobre todo, la compañía de los seres queridos.

Cuando Rosa se vio de nuevo en casa, empezó a pensar que no valía la pena dejar aquel mundo conocido y dulce por otro que presentía duro y hostil, lleno de rivalidades y envidias. No le compensaba dejar a Harmonía y a León, a María del Mar y a la maestra, e incluso a la seño, que era mucho más cariñosa que la directora del ballet.

León, por su parte, pensaba que Rosa era demasiado pequeña para tomar una decisión que comprometía de tal modo el resto de su vida. Él mismo estaba lleno de dudas respecto a su propio futuro. Su gusto por la física y las matemáticas, y unas facultades fuera de lo común para estas disciplinas, lo habían llevado a una situación parecida a la de Rosa, aunque menos dramática. Tenía la posibilidad de hacer una carrera de ciencias y de entrar más tarde en un cuerpo de investigadores del más alto nivel. Esto exigía de él el compromiso de quedarse en Rusia, porque el gobierno no estaba dispuesto a formar especialistas que después se fuesen al extranjero, llevándose con ellos conocimientos que podían tener aplicación en el campo de la industria y también de la guerra.

León, en lo que se refería a él, no tenía problemas en aceptar el compromiso. Huérfano de padre desde muy niño y muerta su madre durante la Guerra Civil, no tenía ningún interés en volver junto a unos parientes lejanos a los que apenas conocía. Lo que le hacía dudar era que Harmonía hablaba siempre de su madre y de su casa en Galicia. Ella confiaba en que, al acabar la guerra mundial, su madre las llamaría a su lado y, cuando cambiase el gobierno de España, podrían volver todos a la casa del pueblo, aquella casa en donde su padre le había enseñado a leer mucho antes de ir a la escuela, sentados los dos al pie de la lareira en el invierno, ella entre sus piernas y él sosteniendo en sus manos el libro abierto; aquella casa donde jugaban en la huerta con los pollitos recién nacidos y los conejos pequeños, y donde hacían meriendas al atardecer, debajo del emparrado...

León no encontraba la manera de decirle que su decisión dependía de ella. Cada vez que se hablaba del tema, todos le decían que tenía que aceptar, que era un porvenir muy brillante, que sería una persona respetada y estimada, y que dispondría de comodidades de las que muy pocos disfrutaban; no podía desaprovechar una oportunidad así, decían, y ni María del Mar ni los maestros parecían darse cuenta de la causa de sus dudas.

Y, si León veía conflictiva su carrera, mucho peor veía la de Rosa, que era aún muy pequeña para decidir por su cuenta una cosa tan seria. Si resultaba cierto que podía convertirse en una estrella del ballet, era tanto como decir una gloria nacional, dado el prestigio de que gozaban las primeras bailarinas del Bolshoi en Rusia; y en ese caso no habría forma de que la dejasen marcharse. Además, aquello significaba condenarse a la soledad, ya que esa profesión impedía tener una vida familiar normal; podría casarse, pero no tener hijos. Y si algo salía mal, si sucedía cualquier desgracia o accidente, como una enfermedad o romperse malamente una pierna, o, incluso, si no llegaba a ser tan buena bailarina como esperaban, sacrificaría años y años para nada, para convertirse en una simple profesora de baile. Y para eso podía quedarse en Kirov con su hermana y vivir más feliz.

Lo único que a León lo empujaba a animar a Rosa a entrar en el Bolshoi era el pensamiento egoísta de que, si ella se quedaba en Rusia, también se quedaría su hermana. Pero entonces se acordaba de cómo hablaba Harmonía de aquella casa del pueblo, de cómo se le alegraban los ojos cuando pensaba en reunirse con su madre, y se sentía ruin y mezquino por no desear por encima de todo su bien.

Fue Harmonía finalmente quien acabó decidiendo por todos. Cogió primero a Rosa, que era a quien más le urgía tomar una decisión, y le dijo:

—¿Te acuerdas de aquella historia que nos contaba papá del hombre que repartió los talentos entre sus servidores?

El padre de Harmonía no frecuentaba la iglesia, pero leía la Biblia y se la comentaba a los niños de la escuela. Decía que era un libro lleno de sabiduría que todos deberían conocer bien. Rosa no se acordaba de lo que su hermana le preguntaba.

—Seguro que te acuerdas en cuanto te lo empiece a contar —le dijo ella—: Había una vez un hombre que se fue de viaje y repartió entre sus servidores unas monedas de oro que se llamaban talentos. A uno le dio cinco talentos, a otro le dio dos, y al tercero, uno, según las capacidades de cada uno de ellos. Y les encargó que velasen por su hacienda.

»El criado que recibió cinco talentos se puso a negociar con ellos y ganó otros cinco, y lo mismo hizo el que recibió dos. Pero el que sólo había recibido uno tuvo miedo de perderlo y lo enterró en la tierra para tenerlo bien guardado.

»Cuando el amo volvió de su viaje les pidió cuentas del dinero que les había dejado. El que recibió cinco le dijo: "Aquí tienes los cinco que me entregaste y estos otros cinco que yo gané".

»El señor lo felicitó y lo mandó entrar en la casa para celebrar una fiesta. Lo mismo sucedió con el que había recibido dos y había ganado otros dos.

»Cuando le llegó el turno al que había recibido un talento, le dijo al amo: "Señor, aquí tienes el talento que me diste; tuve miedo de perderlo y por eso lo guardé bajo tierra". El señor entonces se enfadó mucho con él y le dijo: "¡Eres un holgazán y un mal criado, que no has sabido aprovechar lo que di! ¡Vete de mi casa!". Y le quitó el talento que tenía y lo echó fuera para siempre.

»A mí me daba pena aquel pobre criado —dijo Harmonía— y pensaba que seguramente no había sido por pereza, sino por miedo por lo que guardó el oro en la tierra. Pero papá decía que tanto daba una cosa como la otra; que, si ves que hay que hacer una cosa y no la haces, es igual que sea por pereza que por miedo; sólo tiene disculpa quien no la hace por ignorancia.

—Pues yo no me acuerdo de oírle a papá nada de eso —dijo Rosa enfurruñada— y además no veo que yo tenga que hacer nada.

—Sí que lo ves, Rosa. Tienes un don especial. Hasta ahora no lo habías visto, ni tú ni ninguno de nosotros. Pero ahora lo vemos y no puedes esconderlo como el mal criado. Tienes que intentarlo, Rosa, y no tener miedo de apartarte de nosotros, ni pereza en competir con otras chicas que también valdrán mucho. Tienes que intentarlo por lo menos.

Rosa se quedó reconcentrada y encogida sobre sí misma, como si no escuchase lo que decía su hermana. Pero de pronto se irguió, respiró hondo, hizo una pirueta y fue a abrazarse a Harmonía.

—No lo enterraré. Ya lo verás. Estarás orgullosa de mí.

Harmonía suspiró y le acarició la cabeza.

—Lo que importa es que lo intentes. Seguramente todo irá bien. La directora no te habría hablado como lo hizo si no creyese que tienes muchas posibilidades... Pero si sale mal no hay que desesperarse, Rosa, porque lo importante es el esfuerzo, no el éxito.

—Eso también lo decía papá, ¿a que sí?

Harmonía suspiró otra vez:

—Él lo decía mejor, pero creo que quería decir lo que yo te digo... ¡Hala! Y ahora a poner manos a la obra, que hay muchas cosas que hacer antes de que te vayas.

5

Después de aquella conversación entre las dos hermanas, empezaron los preparativos para la marcha a Moscú.

Rosa, aunque por momentos se quedaba pensativa y lanzaba profundos suspiros, la mayor parte del tiempo se la pasaba haciendo piruetas y pasos de baile. Tomada la decisión, se la veía contenta y deseosa de empezar cuanto antes aquella nueva etapa de su vida. Repartió entre sus compañeras los juguetes y las cosas que no podía llevarse con ella, y un día que estaba sola con su hermana le dijo con cierto aire de picardía:

—Harmonía, como yo me marcho, tendrás que ser tú la novia de León. No irás a dejar que se lo lleve otra.

Harmonía, que no daba pruebas de ningún sentido del humor cuando se trataba de León, le contestó un poco picada:

—Vas a ser bailarina, no monja. Y las bailarinas también se casan. Y, además, las personas no se reparten como los juguetes.

Rosa negó con la cabeza.

—Estuve leyendo en la biblioteca la vida de varias bailarinas famosas y ninguna se casó. Y si se casan no pueden tener hijos... Además, ¿sabes qué te digo? Que no me creo que León no te guste para novio. Me lo dijiste porque yo era muy pequeña...

Como Harmonía callaba, Rosa insistió:

—Dime la verdad, ¿te gusta o no te gusta?

Harmonía la miró. A veces su hermana le parecía tan pequeña como el día en que su padre le dijo: «Tienes que velar por ella». Pero otras veces sentía que podía hablar con Rosa mejor que con sus propias compañeras. Con todo, no se fiaba de lo que pudiese hacer.

—Júrame que no se lo dirás a nadie.

Rosa cerró el puño derecho y besó el pulgar.

—¡Lo juro!

Harmonía suspiró.

—Me gustó desde la primera vez que lo vi, cuando estábamos en el puerto esperando a que llegase mamá.

Rosa daba cabezadas.

—Ya me lo parecía a mí. Y seguro que a él le pasa lo mismo.

Harmonía suspiraba sin parar.

—No sé... A veces creo que sí... Pero también a ti te quiere mucho... Como es hijo único, igual nos quiere como hermanas, sólo así. Y la que le gusta para novia es esa chica que siempre se está riendo, la que va a estudiar idiomas.

—¿Esa boba? ¡No puede ser!

—A los hombres les gustan las mujeres alegres. Me lo dijo María del Mar, que estuvo casada y sabe más que nosotras. Yo soy un poco tristona.

Rosa dijo que no era verdad, que ella era la chica más guapa y la mejor de toda la escuela y de todos los refugiados de Kirov, y que León sería tonto si no se daba cuenta, y que ella estaba segura de que no lo era.

Rosa estaba convencida de lo que decía, pero, por si acaso, decidió darle un empujoncito a León para decidirlo.

Faltaban ya pocos días para la partida cuando lo encontró un día a solas. Se puso a andar a su lado en la punta de los pies y le dijo:

—Ya casi soy tan alta como tú, León... Pero como voy a ser bailarina no podré casarme contigo. Tendrás que ir pensando en buscarte otra novia.

León sonrió, divertido.

—Muy bien, Rosa; lo iré pensando.

—¿Y qué te parece Harmonía? ¿No te gusta para novia?

León se echó a reír.

—¿Pero tú vas para bailarina o para casamentera?

Rosa hizo unos pasos de baile a su alrededor y le dijo con aire misterioso:

—Como no te espabiles te la van a quitar. No te descuides. Esto es la danza de la bruja sabia.

León pensó que aquello podía ser un aviso y se puso serio.

—Harmonía merece lo mejor del mundo... Y si yo estudio para ingeniero estaré muchos años lejos de aquí.

Rosa dejó de bailar.

—¿Tú sabes el cuento del amo que se fue de viaje y repartió talentos entre sus criados?

León conocía la parábola porque había tenido una educación religiosa, pero dejó que Rosa se la contase a su manera y que ella misma sacase la conclusión.

—Pues Harmonía es igual que el señor del cuento. Como se te ocurra enterrar los talentos, no querrá saber nada de ti. Así que tendrás que estudiar para ingeniero, y tú verás lo que haces para que, mientras, no se olvide de ti.

León pensó que Rosa era muy lista y, en efecto, era mayor por dentro que por fuera, aunque a veces fuese muy inocente. Se encontró hablando con ella de cosas que no había hablado con nadie.

—No creo que Harmonía quiera ser mi novia. Ella es amable y cariñosa con todo el mundo. Tiene siempre un montón de gente alrededor y a todos les hace el mismo caso. Y hay un chico, Pablo, ese que va a estudiar para maestro, que no se despega de ella.

Rosa rabiaba por decir lo que sabía, pero se sentía atada por lo que había prometido a su hermana.

—Yo por Pablo no me preocuparía... Pero tienes que hablar con Harmonía. No tienes que ser tan tímido.

—Cada uno es como es. Y yo me corto cuando estoy con ella. No soy capaz de decirle nada.

Rosa saltó:

—¿Quieres que se lo diga yo?

—No —dijo León serio—. Ésas son cosas que un hombre debe resolver por él mismo.

Rosa volvió a sus pasos de baile.

—Bueno..., pero díselo pronto. No te olvides de lo que te dije. Hay otros además de Pablo.

Ya se iba cuando León la llamó:

—¡Eh, Rosa! Prométeme que no le dirás nada de lo que hablamos a Harmonía.

Rosa, que iba ya derechita a contárselo a su hermana, lo prometió de muy mala gana. Y se fue pensando que a veces los mayores lo pasaban mal sin necesidad. Y que ella también debía de estar haciéndose mayor, porque se sentía atada por una promesa que sólo servía para hacer sufrir a las dos personas que más quería en el mundo.

6

La encargada de acompañar a Rosa a Moscú no fue María del Mar sino la seño, porque María del Mar sufría por tener que dejar a su pequeña Rosa en manos de aquella mujer tan dura, y temía ponerse a llorar y amargarle el comienzo de su nueva vida. Y, por el contrario, la seño estaba muy contenta de que una alumna suya hubiese sido aceptada en el Bolshoi, y pensaba que de paso aprovecharía el viaje para conocer aquella gran escuela de ballet y ver si podía aplicar algo de lo que allí hacían a su pequeño grupo de baile.

El día de la partida todo el grupo de españoles acompañó a Rosa a la estación del tren con pancartas de despedida en las que le deseaban suerte y le daban ánimos: «Demuéstrales que eres la mejor, Rosa», «No te olvides de nosotros», «¡Viva nuestra Rosa!», «¡Te queremos, Rosa!»...

Todos estaban a un tiempo alegres y tristes, y muchas compañeras de Rosa lloraban sin dejar de corear su nombre. Ella saludaba desde la ventanilla con los brazos en alto como había visto hacer a los personajes políticos cuando eran aclamados. Las lágrimas le corrían por la cara, pero sonreía todo el tiempo y miraba continuamente al grupo formado por su hermana, León y María del Mar.

María del Mar hacía esfuerzos inútiles para reprimirse; las lágrimas se le escapaban en contra de su voluntad y se sentía un poco avergonzada al ver que Harmonía y León se mantenían serenos. León había pensado en coger a Harmonía del hombro para que Rosa viese que él cuidaría de su hermana y que no habían caído en saco roto sus consejos. Pero María del Mar se le adelantó y León, sin saber qué hacer, metió las manos en los bolsillos y sólo las sacaba de vez en cuando para decir adiós a Rosa, mientras miraba de refilón a Harmonía para ver si lloraba.

Harmonía no lloraba. Pensaba en otra despedida de muchos años atrás, cuando su padre le palmeó la espalda como a un hombre y le dijo: «Tienes que ser fuerte, Harmonía. Tú eres casi una mujer y tienes que velar por tu hermana». Ahora su manera de velar por ella consistía en no llorar. Su tristeza sería una cadena para Rosa y un peso que no debía sentir. Tenía que empezar con alegría y con fuerza aquel camino que era el que de verdad le convenía. Rosa tenía que devolver diez a quien le había dado cinco talentos, y el modo de ayudarle a conseguirlo era sonreír. Sonreír, aunque por dentro pensase que la vida hacía pagar muy caras todas las cosas buenas que ofrecía.

El tren lanzó un largo pitido y chirriaron los ejes. Saltaron y gritaron los amigos abanicando las pancartas y diciendo adiós. León, con un gesto decidido, puso su brazo sobre el de María del Mar para apoyarlo también en el hombro de Harmonía. María del Mar se dio cuenta de la intención y se apartó. Le echó un beso a Rosa con las manos y después se puso detrás de los dos chicos, abarcándolos con sus brazos. Y al hacerlo pensó que Rosa ya nunca más estaría así cerca de ellos, y rompió a llorar con desconsuelo. León sentía un nudo en la garganta que apenas le dejaba respirar, pero se mantuvo sereno, apretando firmemente el hombro de Harmonía, que sentía temblar bajo su mano. El tren comenzó a moverse y los chicos corrían por el andén diciendo adiós. Rosa lloraba y sonreía respondiendo a la sonrisa de Harmonía, y siguió moviendo las manos desde la ventanilla hasta que el tren se perdió de vista.

Cuando dejó de verse, Harmonía se volvió hacia León y se abrazó a él llorando. León la rodeó con sus brazos y sintió al mismo tiempo una pena enorme y una alegría muy honda. Inclinó la cabeza y, sin pensarlo, le dio un beso en la sien y dijo en voz baja, pero en tono firme:

—Yo no te dejaré nunca, Harmonía.

Sintió por un instante que Harmonía se apretaba aún más contra él. Después se apartó y dijo:

—Se va contenta, ¿verdad? Sus brazos ya no parecen ramas de sauces en el otoño. Son como golondrinas que van hacia la primavera.

Todos los chicos volvieron a casa melancólicos. Contentos de que Rosa pudiese dedicarse a lo que más le gustaba, pero tristes por perder a una compañera tan alegre y tan querida. Se daban cuenta de que ella era la primera que se desgajaba de un grupo que hasta entonces se había mantenido unido, pero que muy pronto empezaría a desperdigarse.

7

León, después de lo que le había dicho a Harmonía, se sentía comprometido con ella y estaba dispuesto a renunciar a la carrera de ingeniero para poder seguir a su lado. Por lo que a él se refería, consideraba que no se necesitaban más declaraciones, pero quería que ella le dijese que correspondía a sus sentimientos, que lo quería como novio, ¡vaya!, que hiciese algún gesto más que aquel breve aunque intenso abrazo que le había dado en la estación. Se sentía casi seguro de ser correspondido, pero era una seguridad que a él mismo le extrañaba y que a veces lo abandonaba. Harmonía trataba con cariño a todo el mundo, especialmente a aquel Pablo que iba para maestro y de quien León no podía evitar sentir celos. En ocasiones dudaba y se preguntaba si no sería todo una fantasía suya y si Harmonía lo querría sólo como a un hermano, y quien de verdad le gustaba para novio era aquel chico que había escogido la misma carrera que su padre, a quien tanto admiraba y echaba de menos. Pablo hablaba muy bien, como el padre de Harmonía; en eso sin duda le llevaba ventaja... Pero aunque la idea lo inquietase, en el fondo él tenía confianza en ser el preferido.

De todas formas, aquello de ser de pocas palabras era una verdadera calamidad, y León veía correr los días sin ser capaz de sacar el tema y conseguir de Harmonía la confirmación de sus esperanzas.

A medida que el tiempo pasaba, su seguridad se iba debilitando, igual que el recuerdo del abrazo en la estación. Al comienzo bastaba con que cerrase los ojos para volver a sentir el cuerpo de Harmonía apretándose contra el suyo. Pero poco a poco la sensación se fue desvaneciendo y dejó en su lugar un desasosiego y una ansiedad que por las noches le quitaban el sueño. Y para colmo, Pablo se pegaba como una lapa a Harmonía y raro era el día en que no iban los tres juntos, cuando no más gente, de casa al colegio y del colegio a casa. Así que el primer día que León vio a Harmonía sola, haciendo los deberes bajo un árbol en el jardín, se fue hacia ella dispuesto a preguntarle sin más preámbulos: «¿Eres mi novia o no? ¿Me quieres o no? Si me quieres, dímelo de una vez, porque no estaré tranquilo hasta que me lo digas...»

Pero lo que dijo fue:

—¿Qué estás haciendo, Harmonía?

Y así siguió la conversación por un buen rato, hasta que Harmonía con una sonrisa tímida le dijo:

—Tenemos que hablar de lo que me dijiste en la estación cuando se fue Rosa.

León sintió que la mente se le quedaba de repente en blanco y sólo pudo al fin tartamudear:

—Yo... lo que tengo que decir... yo... ya te lo dije, Harmonía... Quiero estar siempre a tu lado.

Harmonía asintió con la cabeza, carraspeó ligeramente como quien se dispone a hablar largo y tendido.

—Pues yo tengo que contestarte lo mismo que le dije a Rosa: de momento no puede ser. Ahora tienes que irte a hacer la carrera de ingeniero. No puedes desperdiciar tu inteligencia, igual que ella no puede desperdiciar sus facultades.

Harmonía le soltó un pequeño discurso, que hizo pensar a León que lo tenía preparado y que hablaba muy bien, porque también él había preparado lo que tenía que decir, pero cuando había llegado la ocasión no le habían salido las palabras. La oyó en silencio y cuando acabó le dijo:

—¿Y no tienes nada más que decirme?

Harmonía miró al suelo y dijo con una voz diferente, más ronca y más débil:

—Si tú no me olvidas, yo te esperaré todo el tiempo que haga falta.

León sintió que un escalofrío le recorría el espinazo y, buscando sus ojos, le preguntó:

—Harmonía, ¿me quieres?

Harmonía levantó la cabeza para mirarlo de frente:

—Te quiero desde el día en que te vi en el muelle solo, sin nadie que te dijese adiós.

León abrió los brazos y Harmonía se apretó contra su pecho. Sentía latir el corazón como si fuese el redoble de un tambor, pero no estaba segura de si era el suyo, o el de León, o los dos juntos. Sintió los labios de León en la mejilla y en las sienes y volvió la cara para unir sus labios con los de él.

Desde la ventana de la biblioteca, María del Mar los miraba y pensaba: «La obligación de la encargada de una casa de niños es evitar estas situaciones y, cuando a pesar de todo se producen, separar a los chicos, mandar a León a otra casa... Pero no lo voy a hacer. Hablaré con los dos para que no hagan una locura y se acabó. Rosa ya está en camino de conseguir su parte de felicidad. Ahora les toca a estos dos: que sean felices de una vez, que bastante han sufrido en su vida».

Epílogo

Por fortuna las cosas sucedieron tal como pensaba María del Mar.

Rosa llegó a ser una bailarina famosa y admirada en todo el mundo. Recibió muchas condecoraciones y honores a lo largo de su carrera, porque en Rusia las grandes estrellas del ballet son muy estimadas como artistas. Y cuando se retiró, siguió vinculada a la compañía, enseñando a las nuevas generaciones su arte.

Harmonía se dedicó como María del Mar al cuidado de niños huérfanos y refugiados de guerra. Ejerció esta labor hasta que se casó con León, que tuvo también una brillante carrera profesional. Fue uno de los físicos que participaron en los programas espaciales, y gozó de una situación privilegiada en el país.

Lo que nunca consiguieron Harmonía y Rosa fue reunirse con su madre. Los esfuerzos de Carmiña para que la dejasen entrar en Rusia fueron inútiles. Por su matrimonio con míster Butwin se había convertido en ciudadana americana y los servicios de inteligencia rusos temían que entrase en contacto con León, que trabajaba en proyectos de alto secreto. Harmonía vivió siempre con la pena de no volver a ver a su madre y de no haber podido despedirse de ella en aquel lejano día de su niñez.

El caso de Rosa fue distinto ya que el Bolshoi hacía giras por el extranjero, y Carmiña, que tenía una buena posición económica, viajaba a distintos lugares del mundo para poder ver a su hija y hablar con ella aunque fuese por poco tiempo; en ocasiones sólo por breves minutos.

Esas dificultades se debían a la falta de libertad que por entonces padecían en Rusia. Un comisario político viajaba con el ballet y vigilaba continuamente los movimientos de los miembros de la compañía para impedir que pudiesen abandonarla y pedir asilo político en el país que visitaban. A pesar de ello algunos bailarines lo hicieron, como fue el caso de Nureiev y de Barisnikov.

Rosa, sin embargo, no tenía ninguna intención de abandonar Rusia. Era feliz bailando y, aunque en un país capitalista podría ganar más dinero, allí gozaba de una estima y consideración que no tendría en ninguna otra parte. Y, además, como le explicó a su madre, su vida estaba ya hecha allí, con Harmonía, con León y con sus sobrinos, y más tarde con los niños que adoptó.

Carmiña, por su parte, también había iniciado una nueva vida en Estados Unidos. Tenía dos hijos de su marido americano y, aunque nunca olvidó los ideales que había compartido con Miguel, le gustaba la manera de vivir de aquel país.

León no podía salir de Rusia porque su trabajo guardaba relación con proyectos militares secretos que afectaban a la seguridad del Estado. Por lo que a él se refería, esa situación no le molestaba, porque disfrutaba de excelentes medios de investigación y en España tenía sólo parientes lejanos por los que no sentía ningún aprecio. Sólo lo lamentaba por Harmonía, que, por el hecho de ser su mujer, sufría las mismas restricciones de libertad. Aunque hablaba con su madre por teléfono y se escribían con frecuencia, León se daba cuenta de que una de las penas que entristecían los ojos de Harmonía era el no poder ver a su madre. Otra era el recuerdo de aquella casa del pueblo con la que siempre soñaba. Pero esa pena León tuvo la satisfacción de poder arrancársela.

Cuando cayó el muro de Berlín, la sociedad rusa empezó a experimentar grandes cambios. León pensó entonces que había llegado el momento de tomar una decisión. El día en que Harmonía cumplía sesenta años reunió a todos los miembros de la familia: a sus tres hijos, de los cuales dos estaban ya casados y con niños, y a Rosa y los suyos, que eran dos y aún jóvenes porque los había adoptado cuando dejó la escena y pasó a ser maestra de baile. Cuando todos estuvieron reunidos les expuso sus ideas sobre los acontecimientos políticos que estaban viviendo.

Tanto por propia observación como por los comentarios que recogía en los ambientes en los que se movía, pensaba que se avecinaban malos tiempos para el país. Por otra parte, aunque los hijos habían nacido en Rusia, seguían considerándose hijos de extranjeros.

Les explicó que había hecho gestiones y que había la posibilidad de regresar todos a España, al pueblo en donde habían nacido Harmonía y Rosa, y a la casa que había sido de sus padres: la casa del emparrado en la huerta, con los conejos y las gallinas que tanto había echado de menos Harmonía. Aquél era su regalo de cumpleaños. Y anunció al mismo tiempo su disposición a irse para allá, si Harmonía estaba de acuerdo.

Aquellas palabras provocaron una pequeña revolución familiar. Los jóvenes no lo dudaron ni un instante: todos querían salir de Rusia. Pensaban que fuera, en la Europa democrática o en América, se vivía mejor, había más posibilidades de ascender en la escala social y tenían más comodidades y diversiones. Sólo los hijos casados pusieron reparos: sus mujeres tenían sus raíces en Rusia; si ellos eran extranjeros en un lado, ellas lo serían en el otro. También Rosa puso reparos, porque dudaba que en el pueblo, por mucho que hubiese mejorado, pudiese dedicarse a enseñar ballet al nivel al que estaba acostumbrada. Pero al final se impuso la idea de marchar. En unos por el deseo nunca olvidado de volver a lo que sentían suyo; en otros por cierto afán de aventura y también porque las condiciones de vida en Rusia se hacían cada vez más penosas. En cuanto a Rosa, porque decidió que su vocación de bailarina estaba ya plenamente cumplida y que ella se iría a donde fuese Harmonía.

Y así, en una mañana de primavera, como golondrinas que vuelan en busca del calor, toda la familia desanduvo el camino iniciado cincuenta años antes por los niños refugiados.

Un avión los llevó a Madrid y otro a Santiago de Compostela. Allí los esperaban parientes e hijos y nietos de amigos de sus padres para acompañarlos a la casa del pueblo. Todos los recibieron como si los conociesen de siempre.

Aquí podría acabar esta historia si no hubiese todavía un cabo suelto, que se recogió poco después de la llegada de la familia.

Un día, el nieto del antiguo jefe de Correos llamó a la puerta de la casa familiar, preguntando por doña Harmonía o doña Rosa. Las dos hermanas lo recibieron un poco extrañadas del aire de seriedad con que el chico se presentaba. Él les aclaró en pocas palabras el motivo de su visita.

Les dijo que trabajaba en Correos y que estaba haciendo oposiciones para ocupar la vacante que había dejado su abuelo, cargo que ya desempeñaba interinamente. Les dijo que su abuelo había muerto años atrás y que, poco antes de morir, le había hecho entrega de una carta que había llegado al pueblo dirigida a don Miguel, el maestro. Como se sabía que don Miguel había muerto en la guerra, su abuelo había guardado la carta con la intención de hacérsela llegar a su mujer, cosa que no había podido conseguir, y por eso le encargaba a él que, si acaso doña Carmiña o sus hijas volvían al pueblo, les hiciese entrega de la carta con sus respetos...

Dicho esto, sacó del bolsillo un sobre amarillento con los bordes doblados y se lo entregó a Harmonía, que lo recibió con manos temblorosas.

Las dos hermanas se miraron una a otra y no dudaron ni un instante de que aquella carta era la primera que ellas le habían escrito a su madre desde Rusia, la que contenía sus explicaciones de por qué no habían podido salir a la cubierta cuando su madre las había llamado, y en la que Rosa les mandaba a los papás una gallina roja con dos pollitos de colores.

El nieto del jefe de Correos les dijo que no quería molestar, que ya hablarían otro día más despacio, pero que antes de irse era su deber explicarles que no había sido por descuido por lo que aquella carta había estado tanto tiempo guardada; que él sabía, porque se lo había contado el cartero viejo, que ahora vivía en el asilo porque no había tenido hijos y no podía valerse por sí mismo, que los parientes de doña Carmiña no se habían querido hacer cargo de la carta, cosa comprensible en aquellos tiempos en los que todos estaban muy atemorizados, se apresuró a aclarar. Y, continuó, su abuelo había guardado la carta por-

131

que, según le contó el cartero viejo, sentía una simpatía especial por doña Carmiña y siempre había mantenido la esperanza de que ella volvería al pueblo y él podría entregarle personalmente aquella carta. Las cosas habían rodado de otra manera y ahora él cumplía aquel encargo, como nieto y como sucesor en el cargo del antiguo jefe de Correos.

Cuando el chico se fue, las dos hermanas se quedaron en silencio, mirando la carta un buen rato. Fue Rosa la que habló primero.

—¿Qué vamos a hacer con ella? Es un recuerdo de los malos tiempos. Yo por mi gusto la quemaría.

Harmonía hizo un gesto negativo.

—No, no debemos destruirla. Al contrario. La vamos a poner bien a la vista para que no se nos olvide nunca todo el dolor que trae consigo una guerra.

Y así fue. Sin abrirla, le puso un marco de fotos y la colocó en una repisa en el cuarto donde acostumbraba a sentarse a leer y a hablar con la familia y los amigos. Allí también se juntaban los nietos a su alrededor cuando querían que les contase cuentos. Muchas veces le pedían:

—Abuela, cuéntanos la historia de la carta.

Y Harmonía dejaba el libro o la labor en la que estaba entretenida, se quitaba las gafas y empezaba:

—Una mañana de niebla de un otoño de hace muchos años, Rosa y yo salimos del orfanato de Nuestra Señora del Cristal para coger un barco que había de llevarnos a Rusia...

Índice

MARINA MAYORAL

Marina Mayoral nació en Mondoñedo (Lugo) en septiembre de 1942. Ha publicado un buen número de novelas y libros de relatos tanto en castellano como en gallego. Entre sus últimas obras citaremos *Recóndita armonía, Dar la vida y el alma, Recuerda, cuerpo* y *La sombra del ángel;* en gallego *Chamábase Luis* y *Querida amiga*. Es también profesora de Literatura Española en la Universidad Complutense y entre sus trabajos de investigación y crítica destacan los estudios sobre Rosalía de Castro y Emilia Pardo Bazán, así como los análisis de poesía y prosa contemporáneas.

CARTA A LA AUTORA

Los lectores que deseen ponerse en contacto con la autora para comentar con ella cualquier aspecto de este libro, pueden hacerlo escribiendo a la siguiente dirección:

Colección ESPACIO ABIERTO
Grupo Anaya, S. A.
Juan Ignacio Luca de Tena, 15. 28027 MADRID

OTROS TÍTULOS
DE ESTA COLECCIÓN

Ammor en Ammán
Berta Vias Mahou

Nana y Laerke viajan a Ammán para reunirse con su padre,
el doctor Alkærsig, un famoso arqueólogo que lleva varios
meses trabajando en Jordania. Las dos hermanas se
incorporan a las actividades de la excavación en Petra, donde
Nana conoce a Malik, un beduino de madre española. Y a
pesar de la enconada oposición del doctor, ambos jóvenes
dan «un buen tijeretazo al hilo de su vida» para disfrutar
de ese *ammor* que nació en el desierto.

- ✓ **Humor**
- ✓ **Aventuras/viajes**
- ✓ **Problemas psicológicos/sociales**
- ✓ **Amor/amistad**

Mi amigo el Rey
Manuel Valls y Norberto Delisio

Mónica pasa por una etapa muy difícil de su vida: acaba
de perder a su padre en un accidente de aviación en la selva
del Amazonas y, además, sus relaciones con su madre
atraviesan un mal momento. En estas circunstancias conoce
accidentalmente al Rey de España. Con él traba una amistad
que la ayudará a reencauzar su vida, aceptar la muerte de
su padre y volver a confiar en su madre.

- ✓ **Problemas psicológicos/sociales**
- ✓ **Amor/amistad**

Cleopatra en un cuaderno
Carmen Gómez Ojea

Alda tiene quince años y César dos más. Ella pertenece
a la clase de los próceres de la pequeña ciudad donde viven.
Él es hijo de un albañil y debe trabajar a la vez que estudia.
Aquel verano viven su amor amenazado por los prejuicios,
el clasismo y la crueldad de una sociedad retrógrada que
condena cuanto se escapa a su cerebro cuadriculado. Al final,
don Lotario, un cacique local para quien César trabaja,
conseguirá, tras colgarle el sambenito de ladrón, que el joven
y su padre se vean obligados a marcharse. A partir de ese
momento, Alda siente que en su corazón siempre es invierno,
hasta que una mañana recibe una carta, en cuyo sobre, sin
remitente, figuran su nombre y dirección escritos a máquina.

✓ **Problemas psicológicos/sociales**
✓ **Amor/amistad**

La lluvia de París
Lorenzo Silva

A Silvia, la chica más guapa del instituto y de todo el barrio,
se le presenta por fin la oportunidad de convertirse en una
estrella del cine: André, un director polaco afincado en París,
la contrata para hacer una película en la capital francesa. Y
allí, en París, Silvia roza primero la gloria y después se topa
con la decepción que producen los sueños incumplidos. Y
todo ello la obliga a hacerse definitivamente mayor.

✓ **Humor**
✓ **Aventuras/viajes**
✓ **Problemas psicológicos/sociales**
✓ **Amor/amistad**

Todo es un bolero
Helene Kynast

Jan Delft, J. D., es un repetidor. No por muy-imbécil-y-muy-vago, como opina su padre, que sólo puede aceptarlo hecho a su medida. Ni por vida-amor-muerte. Desde que su amiga Kiki se metió un chute mortal muy lejos, en España, J. D. tiene el corazón enfermo. Él es el Grande, el Solitario, igual que el otro J. D. (¡James Dean!), al que idolatra. Pero de repente comienzan a suceder cosas que lo descolocan: ¿habrá algo con su profesora de Lengua?, ¿o estará colgado por Nana Oscura, su atractiva compañera de clase?

✓ **Problemas psicológicos/sociales**
✓ **Amor/amistad**

Julieta sin Romeo
Emilio Calderón

Julieta estuvo enamorada de Juan Picabia, pero ahora hace ya dos años que él se marchó a las Filipinas llevándose consigo el corazón de la muchacha. Julieta no sabe nada de él, hasta que el día de su decimosexto cumpleaños recibe una inquietante carta de Juan. Después le llegarán otras cartas y otros regalos, tan misteriosos como Buco, el cartero encargado de llevárselos. Pero el secreto de Juan sólo lo descubrirá Julieta durante el fin de año de 1999 y entonces también recuperará definitivamente su corazón.

✓ **Humor**
✓ **Misterio/terror**
✓ **Problemas psicológicos/sociales**
✓ **Amor/amistad**

Sissi no quiere fotos
Paco Climent

En 1893 Elisabeth de Austria-Hungría realiza un viaje
privado por España. Leticia, una joven aprendiz de periodista,
cubre la visita de la emperatriz por Cádiz y Sevilla por
encargo de su periódico. Los problemas familiares de Leticia,
sus relaciones con Maximiliano, un periodista y fotógrafo
austríaco, así como los conflictos sociales de la época, se
entremezclan en el diario de Leticia con la historia de Sissi,
una mujer conflictiva que en sus últimos años se vio
perseguida por el dolor de la pérdida de su hijo.

✓ **Aventuras/viajes**
✓ **Problemas psicológicos/sociales**
✓ **Amor/amistad**

El Chico que fue Hombre
Patxi Zubizarreta

Cuando a Antonio María lo abandonó su mujer para irse
con el mayoral de una diligencia, todos empezaron a llamarle
el Chico que fue Hombre, ya que volvía a ser soltero y
abandonaba su estatus de hombre para recuperar el de chico.
Antonio María se echó al monte y consiguió reunir una
partida de bandoleros para atacar todas las diligencias y para
ensañarse, sobre todo, con los mayorales. Pero un día conoció
a Fabián y, especialmente, a María Bautista, quien le curó el
tajo que le habían dado en la frente y la herida del corazón,
aunque para entonces quizás era demasiado tarde.

✓ **Aventuras/viajes**
✓ **Problemas psicológicos/sociales**
✓ **Amor/amistad**

Vértigo
Emilio Calderón

Víctor Menchaca vive en un barrio marginal de una gran ciudad, donde los jóvenes conviven diariamente con la pobreza, la delincuencia y la droga. Víctor no es una excepción: muy pronto se convierte en camello y cae en la adicción a la heroína. Pero un día se topa con dos personas que darán un giro a su vida: Montecristo y su hija, Heaven. Gracias a ellos y a su propia y férrea voluntad, Víctor logra enderezar su vida guiado por su pasión por la montaña y su amor por Heaven.

- ✓ **Aventuras/viajes**
- ✓ **Problemas psicológicos/sociales**
- ✓ **Amor/amistad**
- ✓ **Ciencia-ficción/fantasía**

Flanagan, sólo Flanagan
Andreu Martín y Jaume Ribera

Flanagan se ha convertido en un fugitivo por culpa de su enfrentamiento con Mateo Mas, un chico peligroso que tiene amedrentado a todo el instituto. Pero Flanagan no huye sólo de la navaja de Mateo. También se siente un fugitivo frente a Nines, la pobre niña rica que ahora vuelve a aparecer en su vida. Y al final Flanagan, aunque no sea un héroe, deberá enfrentarse a ambos problemas y a su propio miedo.

- ✓ **Policíaca**
- ✓ **Humor**
- ✓ **Aventuras/viajes**
- ✓ **Misterio/terror**
- ✓ **Problemas psicológicos/sociales**
- ✓ **Amor/amistad**

La traidora
Gudrun Pausewang

Como todos los fines de semana, Anna, una estudiante
alemana en tiempos de la Segunda Guerra Mundial, vuelve
a su pueblo para pasar unos días con su familia. En el camino
hacia su casa descubre unas huellas en la nieve que conducen
directamente a la granja de su familia. ¿De quién serán? Hay
algo que no encaja. Anna, angustiada, sigue las huellas, que
terminan ante el portón del granero. Allí descubre a un
hombre enfermo. Se trata de un prisionero de guerra huido.
Un ruso. Un enemigo. ¿Qué debe hacer ella? ¿Denunciarle,
como le exige el deber? Si lo hace, lo fusilarán. Entonces Anna
toma una decisión que traerá graves consecuencias.

✓ **Misterio/terror**
✓ **Problemas psicológicos/sociales**
✓ **Amor/amistad**

A cielo abierto
Fernando Claudín

Selene se hunde en un mar de dudas cuando su novio,
Carlos, que es un *skinhead,* se ve envuelto en el homicidio
de un inmigrante. ¿Ha participado realmente Carlos en esa
muerte? Los temores adolescentes y la búsqueda de la propia
identidad convierten las vacaciones veraniegas de Selene en
un viaje iniciático a través de su personalidad y del mundo
que la rodea, en el que los miembros de su familia tienen
tanto que decir como sus amigos.

✓ **Problemas psicológicos/sociales**
✓ **Amor/amistad**

Vida de perros y otras llaves de cristal
Jaume Fuster

Los diez relatos reunidos en este libro tienen como protagonista a Lluís Arquer, un detective privado que, además de hombre de acción, es también un irónico observador de la sociedad que le rodea. Con cada una de estas historias, el autor, además, nos propone un juego: que adivinemos el culpable o el móvil de lo sucedido por medio de la deducción. Eso sí, al final del libro se encuentran todas las claves en «Las llaves de cristal», por si el lector no ha podido o no ha querido emular a Lluís Arquer.

✓ **Policíaca**
✓ **Aventuras/viajes**
✓ **Misterio/terror**
✓ **Problemas psicológicos/sociales**

Ana y el misterio de la tierra de Mu
Francisco Domene

Esta novela es la continuación de *La última aventura*, cuyas peripecias acababan con la desaparición de Ana, la protagonista. Castillo, otro de los personajes de la primera novela, emprende en este nuevo libro otra aventura: la búsqueda de Ana, su compañera, de la que se ha enamorado profundamente. Así se trasladará a Atenas, donde entra en contacto con Ítaca y Triptólemo, dos integrantes de una curiosa banda de ladrones conocida como los Gatos, y después al Monte de la Luna, donde, acompañado de un aventurero llamado Jacques, encontrará a Ana y hará sorprendentes descubrimientos.

✓ **Aventuras/viajes**
✓ **Misterio/terror**
✓ **Amor/amistad**